古典詩歌研究彙刊

第二輯

龔鵬程 主編

第8冊

孟郊奇險詩風研究

施寬文 著

國家圖書館出版品預行編目資料

孟郊奇險詩風研究／施寬文　著 ── 初版 ── 台北縣永和市：花
木蘭文化出版社，2007〔民 96〕

目 2+144 面：17×24 公分（古典詩歌研究彙刊　第二輯：第 8 冊）

ISBN-13：978-986-6831-24-9（全套：精裝）
ISBN-13：978-986-6831-32-4（精裝）
1.（唐）孟郊　2. 唐詩　3. 詩評

851.4416　　　　　　　　　　　　　　　　　　　　96016196

ISBN - 978-986-6831-32-4

9 789866 831324

古典詩歌研究彙刊
第二輯　第 八 冊　　　　　　　　ISBN：978-986-6831-32-4

孟郊奇險詩風研究

作　　者　施寬文
主　　編　龔鵬程
出　　版　花木蘭文化出版社
發 行 所　花木蘭文化出版社
發 行 人　高小娟
聯絡地址　台北縣永和市中正路五九五號七樓之三
　　　　　電話：02-2923-1455／傳眞：02-2923-1452
電子信箱　sut81518@ms59.hinet.net
初　　版　2007 年 9 月
定　　價　第二輯 20 冊（精裝）新台幣 28,000 元

孟郊奇險詩風研究

施寬文　著

作者簡介

施寬文，一九六四年三月二十九日出生於台灣省南投縣，一九九四年六月畢業於中央大學中國文學研究所，同年七月執教於彰化市私立精誠高中；一九九五年進入南台科技大學任教迄今。

提　　要

　　唐代中期，「韓孟」與「元白」兩大詩派廓清了柔靡庸弱的大歷詩風，屹然並立於中唐詩壇。「元白」一派重視詩歌之諷諭內容，「韓孟」一派則重視詩歌的語言藝術，兩派在中國詩歌史上皆有顯著的成就。然而，在「韓孟詩派」中與韓愈並稱的孟郊，其詩歌卻在文學史上有著極為不同的評價，本論文因此分列六章以探討之。第一章以為宋代以降的詩評家，與唐代如韓愈諸人對孟郊詩的兩極化批評，可由「人格風格」與「語言風格」二端予以釐清，並對韓愈何以推尊孟郊詩提出說明。第二章概要敘述孟郊所處時代之政治與社會情況，並對影響詩人創作的當代學術風氣、藝術文化現象擇要敘述，以求對形成孟郊奇險詩風之時代大環境有一基本了解。第三章則就孟郊一生的轗軻境遇、狷介性格，與內心的仕隱矛盾，探討身為儒門人物的孟郊，其詩風何以步上「奇險」的緣由。第四章從孟郊詩歌的表現手法與題材類型，探討其具有「奇險」色彩的作品。第五章則比較孟郊與韓孟詩派其他詩人，在奇險作品創作上的異同，以確立孟郊及其作品在中唐奇險詩風中的地位與意義。第六章為結論。附錄部分對歷來評論韓孟詩派習見的「奇」、「險」用語，進行探討，以辨析其涵義。

目

錄

第一章　緒　論

　　在三千多年的中國詩歌史中，詩人可謂眾若繁星，而中唐的孟郊，絕非其中最璀璨的一顆。雖然孟郊之詩作，傳世者五百餘篇，幾乎字字嘔心苦吟而出，然而囿於才分，在整個唐代詩壇上，他卻只能是一個二流詩人，而非大家。

　　雖然只是一個二流詩人，孟郊詩卻有其一己獨特之面目。早在唐末，張為撰《詩人主客圖》，即許之為「清奇僻苦主」。而被譽為「宋詩話的壓卷之作」（蔡鎮楚《中國詩話史》）的嚴羽《滄浪詩話》〈詩體〉中，也立有「孟東野體」之名目。而且，孟郊為人方拙，一生卻歷盡人世難堪的境遇，因此詩人所吐出的字句，多飽含著血淚，其情感之真摯，每能獲得一流詩人的歡賞與感動，如蘇東坡雖不喜歡孟郊詩，卻又說：

　　　我憎孟郊詩，復作孟郊語。……詩從肺腑出，出輒愁肺腑。……歌君江湖曲，（按：即孟郊〈送淡公十二首之三、之四、之五〉）感我長羈旅。（〈讀孟郊詩二首之二〉，《蘇東坡全集》前集卷九）。

至於孟郊的好友韓愈，則說：

　　　規模背時利，文字覷天巧。……纔春思已亂，始秋悲又攪。朝餐動及午，夜諷恆至卯。（〈答孟郊〉，《韓昌黎詩繫年集釋》卷一）。

又於〈薦士〉詩中說：

> 有窮者孟郊，受材實雄驁。冥觀洞古今，象外逐幽好。橫空
> 盤硬語，妥帖力排奡。敷柔肆紆餘，奮猛卷海潦。榮華肖天
> 秀，捷疾逾響報。行身踐規矩，甘辱恥媚竈。(《集釋》卷五)

對於孟郊之爲人與詩作，皆讚譽有加，甚至誇大其辭的說要「低頭拜
東野」了。(〈醉留東野〉，《集釋》卷一)。

　　雖然能夠獲得文學史上稱爲大家的韓愈之稱譽，但孟郊並未免
於後世詩評家的譏評。入宋後，孟郊即受到眾多的質疑，而其中最具
影響者莫過於蘇軾之論。蘇軾除了在〈讀孟郊詩二首之一〉批評說：

> 初如食小魚，所得不償勞。又似煮螃蟹，竟日嚼空螯。要當
> 鬥僧清，未足當韓豪。……何苦將兩耳，聽此寒蟲號。

又於〈祭柳子玉文〉中，以「郊寒島瘦」一語評斷孟郊詩之風格(《蘇
東坡全集》前集卷三十五)。此後詩評家論議孟郊及其詩，即多無好
語。蘇轍嘗舉孟郊〈贈崔純亮〉：「食薺腸亦苦，強歌聲無歡。出門即
有礙，誰謂天地寬。」一詩爲例，以爲「唐人工於爲詩，而陋於聞道。」
嗤議其「起居飲食，有戚戚之憂，是以卒窮以死。」不如顏回居陋巷
卻不改其樂，並駁韓愈、李翶稱譽孟郊之詞說：

> 李翶稱之，以爲郊詩高處在古無上，平處猶下顧沈、謝。至
> 韓退之亦談不容口。甚矣！唐人之不聞道也。(見胡仔《苕溪
> 漁隱叢話》前集卷十九)

而吳處厚也以此詩譏議孟郊「器量褊窄」(見吳开《優古堂詩話》)。

　　另孟郊屢試不第，潦落失意，一旦及第，則得意非常，故有〈落
第〉、〈登科後〉二首情感對比強烈的詩作，此二詩爲尤袤於《全唐詩
話》卷二中拈出後，宋人如周紫芝也說：

> 余嘗讀孟東野〈下第詩〉(按：即〈落第〉)云：「棄置復棄置，
> 情如刀劍傷。」及登第，則自謂「春風得意馬蹄疾，一日看
> 盡長安花。」一第之得失，喜憂至於如此，宜其雖得之而不
> 能享也。退之謂「可以鎮浮躁」，恐未免於過情。(《歷代詩話·
> 竹坡詩話》)

其後葛立方《韻語陽秋》卷十八也有類似的批評〔註1〕。及至南宋末年嚴羽《滄浪詩話》〈詩評〉中，也批評孟郊之詩說：

> 憔悴枯槁，其氣局促不伸，退之許之如此，何邪？詩道本正大，孟郊自爲之艱阻耳。

種種批評，不但非議孟郊，並對韓愈稱許之言提出質疑。當時雖也有人附和韓愈，替孟郊發出不平之論，如曾季貍即說：

> 予舊因東坡詩云「我憎孟郊詩」及「要當鬭僧清，未足當韓豪。何苦將兩耳，聽此寒蟲號。」遂不喜孟郊詩。五十以後，因暇日試取細讀，見其精深高妙，誠未易窺，方信韓退之、李習之尊敬其詩，良有以也。東坡性痛快，故不喜孟郊之詞艱深。（《歷代詩話續編・艇齋詩話》）

曾氏將蘇軾不喜孟郊詩之原因，簡單的歸諸孟郊之詩措詞艱深，故不合個性豪放的東坡之欣賞品味，此說恐怕未得東坡「郊寒」批評之要領。而且年五十以後，方覺孟郊詩精深高妙，未易輕窺，則又似乎類似於陳延傑晚年的態度，陳氏說：

> 余窮老江南，夙遭憂患，時放浪溪山間，顧影寡儔，其幽寒鳴呃不平之氣，與東野未嘗不同，故喜讀其詩，如見其肺肝然，亦實有感於心，而得以亂思遣老也。（《孟東野詩注》序文）

窮老憂患而後能對孟郊詩別有一番體會，甚至能「想見」愁苦詩人之「肺肝」（按：詩人內在之人格），則實已摻入了一己生命經歷之頓挫

〔註1〕葛立方《韻語陽秋》卷十八：「孟郊〈落第詩〉曰：『棄置復棄置，情如刀刃傷。』〈再下第詩〉曰：『一夕九起嗟，夢短不到家。』〈下第東南行〉曰：『江蘺伴我泣，海月投人驚。』愁有餘矣。〈下第留別長安知己〉云：『豈知鷦鷯鳴，瑤草不得春。』〈失意投劉侍御〉云：『離妻豈不明，子野豈不聰？至寶非眼別，至音非耳通。』〈歎命〉云：『題詩怨還怨，問易蒙復蒙。本望文字達，今因文字窮。』怨有餘矣。至登科後詩，則云：『昔日齷齪不足誇，今朝放蕩思無涯。春風得意馬蹄疾，一日看盡長安花。』議者以此詩驗郊非遠器。余謂郊偶不遂志，至於屢泣，非能委順者，年五十始得一第，而放蕩無涯，哦詩誇詠，非能自持者，其不至遠大，宜哉。」（《歷代詩話》頁633，漢京文化事業公司，1983年）。

轉折，已非年少聽雨歌樓之情懷。而此種稱譽孟郊詩的批評態度實與韓愈諸人有所不同。

其實，若仔細比觀韓愈、李翱稱譽孟郊之言，與上述諸種非議言論，則問題癥結之所在，並不難明白。宋人范晞文：

> 退之進之如此，而東坡貶之若是，豈所見有不同耶？（《對牀夜語》卷四）

唐人、宋人對孟郊詩的褒貶，的確是因著重的觀點不同，以致所見各異。如上舉韓愈之言，論孟郊之爲人，則推許其狷介不苟，而在論及孟郊詩方面，皆是著重就其語言藝術一方面以稱譽。另如李翱〈薦所知於徐州張僕射書〉：

> 郊爲五言詩，自前漢李都尉、蘇屬國及建安諸子、南朝二謝，郊能兼其體而有之。（《全唐文》卷六三五）

或如李觀〈上梁補闕薦孟郊崔弘禮書〉說：

> 孟之詩，五言高處，在古無二，其有平處，下顧兩謝。……孟子之文奇，其行貞。（《全唐文》卷五三四）

也都不外是偏就詩歌的語言藝術造詣來說。即使是對孟郊苦吟的創作態度頗不以爲然者，如晚唐的陸龜蒙：

> 吾聞淫畋漁者謂之暴天物，天物既不可暴，又可抉摘刻削，露其情狀乎？使自萌卵至於槁死，不能隱伏，天能不致罰耶？長吉天，東野窮，……正坐是哉。（〈書李賀小傳後〉，《全唐文》卷八〇一）。

所謂「抉摘刻削，露其情狀」，仍是著重就詩歌創作的語言藝術技巧以爲批評。但是東坡以「寒」論孟郊詩，蘇轍則因孟郊詩中屢言憂貧，而譏其「工於爲詩，而陋於聞道」，其他或非議孟郊「器量褊窄」、或批評他遭遇逆境「非能委順」，逢處順境則「非能自持」（《韻語陽秋》），與議論孟郊「其氣局促不伸」者，似乎就都不是單純的從詩歌創作所表現的藝術技巧來立論了。

顏先生崑陽在〈漢代「楚辭學」在中國文學批評史上的意義〉

一文中，認爲漢代「楚辭學」在評價活動上，爲中國文學批評確立了二種不同的「風格」概念。一是「人格風格」，此一類型創始於淮南王劉安之《離騷傳》，司馬遷在《史記・屈原傳》中繼承並發揮之。「人格風格」所指涉的是「作者的道德精神生命依藉語言所展現的整體人格風貌。」顏先生說：

> 人格不能始終只做爲內在靜態地存在，而必須取得感性的形式，動態地具現之。這「感性形式」就是吾人的視聽言笑、進退行止的樣態，但它所表現的卻是吾人的精神人格，因此我們稱它爲「精神表式」。……凡是文學作品由作者以「精神表式」所具現出來的那種風貌，我們就稱它爲「人格風格」。它固然依藉語言表現之，卻不等同於語言由其自身之聲色、結構所造成的形相，而往往是超乎言外。因此，這種風格的判斷，也就不能只藉感官能力去覺受作品語言表象之聲色或分析其質素、結構而獲得。它必須以「詮釋主體」的精神生命，入乎言內而又超乎言外，反覆去感悟，並想像而得之。

如劉安描述〈離騷〉風格說「好色而不淫」、「怨悱而不亂」，皆是指屈原能「發乎情而止乎禮義」的人格具現。而司馬遷閱讀〈離騷〉，「悲」屈原之「志」，親至長沙觀看屈原自沈遺跡，則「未嘗不垂涕，想見其爲人」，「想見」正是司馬遷掌握屈原作品風格的方法。

相對於「人格風格」，則是由班固確立的「語言風格」。顏先生說：

> 「語言風格」所指涉的則是作品語言本身，由於它所內涵的題材（例如景物、事態、情理）的表象聲色（不是象外所托喻的作者情志），以及音、韻等質素與結構形式所具現的整體美感形相。

如班固描述〈離騷〉之風格爲「弘博麗雅」，顏先生說：

> 文學作品必須以語言爲物質性之媒介，並以各種景物、事態、情理的經驗材料爲題材（不是主題）而具現之。這是文學

作品之美，不同於「精神表式」的另一感性形式，我們稱它
爲「物質表式」。它與作者的精神人格無關，而純是由作品
語言的物質性所構成。因此，對此一風格的判斷，不必超乎
言外而「想見其（作者）爲人」。我們只須直接以官能去覺受
語言表象或者分析其質素、結構，就能獲得風格上的判斷了。

又：

> 顯然構造語言的主導因素，已不再如淮南、司馬所認爲的「道
> 德主體」(班固謂之明智之器)，而是另一「才性主體」(班固謂
> 之妙才)。……所謂「弘博麗雅」，即是屈原以其「弘博」之
> 「才性」，馳騁想像，驅遣題材，操作語言而創造出的「麗
> 雅」風格。

由上述「人格風格」與「語言風格」兩種不同的概念，回顧上文唐人
與宋人對孟郊詩的毀譽，則似乎可說，宋人如蘇東坡以「寒」評孟郊
詩，是採取「人格風格」此一觀念系統的。「寒」是由詩人的人格性
情而來的，意謂著「寂冷」，即在詩作中表現出一種淒寂、悲涼的人
生境界之感，它是從作品內部所表現出來的感情與人格狀態的境界來
說的。另如蘇轍「陋於聞道」之譏，吳處厚「器量褊窄」之評，葛立
方「非能委順、自持」之議，與嚴羽「其氣局促不伸」之說，也都是
連及於詩人之性情，與其詩作所表現出來的思想內容以作之批評。但
是，韓愈之批評卻不然，如說孟郊詩「冥觀洞古今，象外逐幽好。橫
空盤硬語，妥帖力排奡。敷柔肆紆餘，奮猛卷海潦。榮華肖天秀，捷
疾逾響報。」與在〈貞曜先生墓誌銘〉中，說：

> 劌目鉥心，刃迎縷解，鉤章棘句，掐擢胃腎，神施鬼設，間
> 見層出。(馬其昶《韓昌黎文集》卷六)

又如〈醉贈張秘書〉一詩：

> 東野動驚俗，天葩吐奇芬。……險語破鬼膽，高詞媲皇墳。
> (《集釋》卷四)

或說孟郊之馳騁想像，驅遣題材；或論其遣詞用字生硬而能殺縛事
實；或評其詩中語言能剛能柔；或議其用字之艱險高古，等等，皆不

外是就作品語言本身的藝術性來說，是執持「語言風格」的概念來進
行批評的。至於李翱、李觀說孟郊的五言詩能兼有李陵、蘇武與建安
諸子、謝靈運、謝朓諸人之「體」，並以「奇」稱孟郊詩，「奇」的批
評雖涉及思想內容，卻與作者之人格性情無關，它是比較就作品語言
本身的藝術創造來說的。而「體」字之所指，如託名李陵之作，鍾嶸
《詩品》卷上：

> 文多悽愴，怨者之流。……生命不諧，聲頹身喪。

是偏就於「人格風格」這一概念來立論的。但評及謝靈運，則說：

> 其源出於陳思，雜有景陽之體。故尚巧似，而逸蕩過之，頗
> 以繁蕪為累。

這卻是從「語言風格」一面來說了。另如謝朓，《南齊書》卷四七以
「清麗」稱其文章，所謂「清麗」也是由「語言風格」的概念來講的。
前人在評論二謝諸人作品的風格時，或許由「人格風格」的概念來說，
或許從「語言風格」的概念以論，所持之風格概念雖不同，卻不矛盾。
但是當李翱說孟郊詩能兼有諸人之「體」時，此一「體」字卻只能由
「語言風格」一面來理解，意謂在孟郊的五言詩中，能見到二謝諸子
般的語言風格，而非指孟郊詩能兼有二謝諸子的人格風格。

　　因此，孟郊能在中唐以五言詩稱大家，其最受時人肯定者，實
在於詩作之語言風格方面。蘇子由、周紫芝諸人執持人格風格的概念
去質疑韓愈的批評，顯然是東向而望，不見西牆，遂有一番誤會。其
實，宋人亦有察覺二者論點之不同者，如張戒即說：

> 郊之詩，寒苦則信矣，然其格致高古，詞意精確，其才亦豈
> 可易得？《歲寒堂詩話》卷上）

則似已區判出「道德主體」（寒苦）與「才性主體」（詞意精確），而
從孟郊的「才性」上來肯定其成就了。宋代以後對孟郊詩的批評，仍
有反覆在韓愈、蘇東坡二人褒貶之詞上糾纏者，或許韓（如施補華《峴
傭說詩》、四庫全書《孟東野集》提要），或許蘇（如俞弁《逸老堂詩

話》卷上、翁方綱《石洲詩話》卷二）〔註2〕，其中以清人翁方綱之
說較值得注意。翁氏在《石洲詩話》卷二有兩則評語：

> 諫果雖苦，味美於回，孟東野則苦澀而無回味，正是不鳴其
> 善鳴者，不知韓何以獨稱之？

> 韓門諸君子，……惟孟東野、李長吉、賈閬仙、盧玉川四家，
> 倚仗筆力，自樹旗幟。蓋自中唐諸公漸趨平易，勢不可無諸
> 賢之撐起。然詩以溫柔敦厚爲教，必不可直以粗硬爲之。……
> 如東野、玉川諸製，皆酸寒幽澀，令人不耐卒讀。

另明人謝榛《四溟詩話》卷四：

> 予夜觀李長吉、孟東野詩集，皆能造語奇古，正偏相半，豁
> 然有得，併奪搜奇想頭。去其二偏：險怪如夜壑風生，暝巖
> 月墮，時時山精鬼火出焉；苦澀如枯林朔吹，陰崖凍雪，見
> 者靡不慘然。

翁氏與謝氏皆是在語言風格上臧否孟郊詩。謝氏在「造語奇古」上肯

〔註2〕施補華《峴傭説詩》：「孟東野奇傑之筆萬不及韓，而堅瘦特甚。譬之
偪陽小城，小而愈固，不易攻破也。東坡比之空螯；遺山呼爲詩囚，
毋乃太過。」（《清詩話》頁983，木鐸出版社，1988年）。
四庫全書總目《孟東野集》提要：「郊詩託興深微而結體古奧，唐人
自韓愈以下莫不推之，自蘇軾詩『空螯小魚』之誚，始有異詞。元好
問論詩絕句乃有『東野窮愁死不休，高天厚地一詩囚』之句，當以蘇
尚俊邁，元尚高華，門徑不同，故是丹非素。究之郊詩品格不以二人
之論減價也。」（台灣商務印書館景印文淵閣四庫全書總目四集部一）
俞弁《逸老堂詩話》卷上：「人之於詩，嗜好往往不同。如韓文公〈讀
孟郊詩〉（按：應是〈醉留東野〉），有『低頭拜東野』之句。……其
推讓東野如此。坡公〈讀孟郊詩〉有云：『初如食小魚，所得不償勞。
又如食蝤蛑，竟日嚼空螯。』二公皆才豪一世，而其好惡不同如此。
元次山有云：『東野悲鳴死不休，高天厚地一詩囚。江山萬古潮陽筆，
合臥元龍百尺樓。』推尊退之而鄙薄東野至矣。此詩斷盡百年公案。」
（《歷代詩話續編》頁1310，木鐸出版社，1988年）。
翁方綱《石洲詩話》卷二：「諫果雖苦，味美於回。孟東野詩則苦澀
而無回味，正是不鳴其善鳴者，不知韓何以獨稱之？且至謂『橫空盤
硬語，妥帖力排奡』，亦太不相類。此真不可解也。蘇詩云：『那能將
兩耳，聽此寒蟲號。』乃定評不可易。」（《清詩話續編》頁1389，
木鐸出版社，1983年）。

定李賀、孟郊的詩作，但批評二人在想像與用字上太過「險怪」，作品本身的思想內容也過於「苦澀」，使人讀之心情低落，所說都不外於作品本身的語言藝術，並未涉入孟郊的精神人格。至於翁氏之批評，也是從語言藝術上來說，但以「含蓄」、「溫柔敦厚」為評價準據，所以不滿孟郊詩的「苦澀而無回味」與「粗硬」。歷來在語言風格方面貶抑孟郊詩者，實可以翁氏之持論為代表。但是類似翁氏這種批評，今日看來，在整體上對孟郊似乎不甚公平。孟郊詩語誠然直率而憤激，這一點連孟郊本人也自覺到，如其於〈送淡公十二首之七〉一詩中，即自白「茲焉激切句，非是等閑歌。」(《孟東野詩集》卷八)韓愈於〈送孟東野序〉中也說：

> 大凡物不得其平則鳴，……人之於言也亦然。有不得已者而后言，其謌也有思，其哭也有懷。凡出乎口而為聲者，其皆有弗平者乎。……其下魏晉氏，鳴者不及於古，然亦未嘗絕也。就其善者，其聲清以浮，其節數以急，其辭淫以哀，其志弛以肆。……孟郊東野始以其詩鳴，其高出魏晉，不懈而及於古，其他浸淫乎漢氏矣。(《韓昌黎文集》卷四)

則孟郊詩之激切不含蓄，韓氏固知之甚稔。然而，以韓愈在中唐的宗師地位，「於籍、湜輩，皆兒子蓄之」(《歲寒堂詩話》卷上)獨對孟郊極口推重，說：「低頭拜東野，……吾願身為雲，東野變為龍，四方上下逐東野。」(〈醉留東野〉)豈是信口開合，僅為過情之諛詞？趙翼《甌北詩話》卷三曾說：

> 韓昌黎生平，所心摹力追者，惟李、杜二公。顧李、杜之前，未有李、杜，故二公才氣橫恣，各開生面，遂獨有千古。至昌黎時，李、杜已在前，縱極力變化，終不能再闢一徑。惟少陵奇險處，尚有可推擴，故一眼覷定，欲從此闢山開道，自成一家。此昌黎注意所在也。

說韓愈注意所在，在於「奇險」，準此，則謝榛批評孟郊詩所說的「搜奇想頭」，所欲去除的「險怪」，與翁方綱所提及卻在評價時忽視的「惟孟東野、李長吉、賈閬仙、盧玉川四家，倚仗筆力，自樹旗幟。蓋自

中唐諸公漸趨平易，勢不可無諸賢之撐起。」諸論點實正是韓愈推尊孟郊詩的原因所在。此則雖同樣在語言風格上立論，卻又因創作之時代環境不同，彼此著重之處有異，導致評價互有出入。

　　唐中期詩的創作背景，籠罩在玄宗天寶十四年（七五五）開始的安史之亂的浩劫陰影中。此一動搖大唐帝國國本的大亂，歷時八年，雖然終於在代宗廣德元年（七六三）平定，但大唐盛世光輝卻從此一往不復，和諧的秩序，繁榮的景況不再，政治、社會紛亂衰敝不堪。而在詩壇上，至代宗大曆五年（七七〇），開、天盛世時的重要詩人如王昌齡、儲光羲、王維、李白、高適、岑參、杜甫皆已於此一期間內逝世。而日後在中唐詩壇上大放異彩的詩人，除孟郊生於天寶十年，此時弱冠，年紀為長，另韓愈年方三歲外，餘者如白居易、劉禹錫、柳宗元、元稹、賈島、李賀諸人皆尚未誕生。因此，從大曆初至德宗貞元中期此批後出詩人成年之前，近三十年間，整個詩壇是較為岑寂的。其時詩人，有所謂「大曆十才子」，「十才子」成員之說法並不一（註3），然而，聞一多說：

> 所謂大曆十才子實際上可以看成一個人，只韋蘇州是例外。

（《聞一多論古典文學》頁一五三）

實指出了大曆詩人之創作有著共同的趨向，與在作品風格上並未能見出明顯的個性表現。聞氏說明大曆詩風：

> 形式多是五、七言近體詩，五律尤多。內容只限於個人的身世遭遇和一般生活感受，情緒偏於感傷，而藝術則著重於景物的細緻刻畫。（同上，頁一三八）。

蘇雪林也說：

> 大曆詩人不為不多，不過天才都算在第二、三流以下，其作

────────────

〔註3〕劉大杰《中國文學發展史》頁502：「據《新唐書·文藝傳》中的〈盧綸傳〉，十才子是盧綸、吉中孚、韓翃、錢起、司空曙、苗發、崔峒、耿湋、夏侯審和李端。後人也有去韓翃、崔峒、夏侯審，而加進郎士元、李益、李嘉祐和皇甫曾的，實際是成為十一人了。見江鄰幾《雜志》，引自王士禛《分甘餘話》。」（華正書局，1987年）

> 品婉轉清揚，芊縣秀麗，如春鳥秋蟲，幽花野草，令人可愛，
> 但只能說是「優美」，而不能說是「壯美」。（《唐詩概論》頁一
> ○七）

此種景況之形成，實由於大亂初定，內則有藩鎮割據，外則有吐蕃寇
擾，國勢阽危日甚，大歷詩人面對著盛世的黃昏，時代精神變遷的結
果。明人胡應麟《詩藪》即曾兩次以「氣骨頓衰」評價大歷詩，而四
庫全書《錢仲文集》提要則說：

> 大歷以還，詩格初變，開、寶渾厚之氣，漸遠漸漓，風調相
> 高，稍趨浮響。

十才子詩既日趨於柔靡庸弱，並且不如李、杜、王、孟、高、岑之各
有特色，日後繼起詩人的反動乃成為必然。

昔日詩評家論及中唐詩派，多以「元白」、「韓孟」為稱，此二
詩派即是大歷詩風的反動者，惟一方偏重詩歌的思想內容，另一方則
較偏重於詩歌語言藝術之創新。趙翼：

> 中唐詩以韓、孟、元、白為最。韓、孟尚奇警，務言人所不
> 敢言；元、白尚坦易，務言人所共欲言。（《甌北詩話》卷四）

元、白倡新樂府運動，主張「文章合為時而著，歌詩合為事而作」（〈與
元九書〉，《白居易集》卷四十五）。的政教功能，以為理想的詩，須
「為君、為臣、為民、為物、為事而作，不為文而作。」（〈新樂府序〉，
《白居易集》卷三）。其反對為文而文的藝術態度至為明顯。在白氏
自編之詩集中，曾分自己作品為諷諭、感傷、閒適、雜律四類，此類
新樂府詩什，屬諷諭詩類，主要在於諷諭時政及社會問題，實即政治
詩。而為了達其諷喻之效果，白氏自謂：

> 其辭質而徑，欲見之易諭也。（〈新樂府序〉）
>
> 非求宮律高，不務文字奇。（〈寄唐生〉，《白居易集》卷一）。

此類詩什，語言「平易」、「坦易」，能反映一時的社會問題與現象，
較諸吟詠風月，無病呻吟之作，在思想內容上固有其價值，但是其弊
則如《墨客揮犀》一書所說：

白樂天每作詩，令老嫗解之，問曰：解否？嫗曰解則錄之，不解，又改之。故唐末之詩，近於鄙俚也。(見《詩人玉屑》卷十六)

「鄙俚」豈只是唐末詩之弊病，蘇軾說：「元輕白俗」(〈祭柳子玉文〉)，所謂「白俗」，實即指出白氏此類詩篇在語言藝術上有其不足之處。

至於雜律詩類，白氏自白：

其餘雜律詩，或誘於一時一物，發於一笑一吟，率然成章，非平生所尚者。⋯⋯今銓次之間，未能刪去，他時有爲我編集斯文者，略之可也。⋯⋯今僕之詩，人所愛者，悉不過雜律詩與〈長恨歌〉已下耳。時之所重，僕之所輕。(〈與元九書〉)

此類「率然成章」的作品，白氏自云非其所尚，然而由於淺易通俗，卻廣爲流傳，如元和十年(八一五)〈與元九書〉中，即說：

自長安抵江西三、四千里，凡鄉校、佛寺、逆旅、行舟之中，往往有題僕詩者；士庶、僧徒、孀婦、處女之口，每每有詠僕詩者。此誠雕蟲之戲，不足爲多。然今時俗所重，正在此耳。

元稹〈白氏長慶集序〉也有同樣的記載〔註4〕，眞可謂無心插柳柳成陰。而元稹之詩作，觀其〈上令狐相公詩啟〉，自陳自己盃酒光景間所作的小碎篇章，「律體卑痺，格力不揚，苟無姿態，則陷流俗」，但此類元氏自以爲病的作品，當時卻亦如白氏作品般風靡整個詩壇〔註

〔註4〕元稹〈白氏長慶集序〉：「二十年間，禁省觀寺郵堠墻壁之上無不書，王公妾婦牛童馬走之口無不道，至於繕寫模勒，衒賣於市井，或持之以交酒茗者，處處皆是。」(《全唐文》卷653，北京中華書局，1987年)。

〔註5〕元稹〈上令狐相公詩啟〉：「某始自御史府謫官於外，今十餘年矣。閒誕無事，遂用力於詩章，日益月滋，有詩向千餘首。其間感物寓意，可備矇瞽之諷達者有之，詞直氣麤，罪尤是懼，固不敢陳露於人。唯盃酒光景間，屢爲小碎篇章，以自吟暢。然以爲律體卑痺，格力不揚，苟無姿態，則陷流俗，常欲得思深語近，韻律調新，屬對無差，而風情自遠，然而病未能也。江湘間多有新進小生，不知天下文有宗主，

5〕。唐人李肇《國史補》即說元和以後詩章，「學淺切於白居易，學淫靡於元稹。」其時詩風淫靡鄙俗之餘，竟令李戡嚴詞怒斥：「吾無位，不得用法以治之！」〔註6〕

　　由於韓愈一生精力所萃，在於古文運動，詩則爲其「餘事」，並未見韓愈對於元、白詩作有詆訶之詞，因此無以證明韓愈在中唐所開闢重視語言藝術的「奇險」詩風，就是因爲不滿於元、白而發。然而，元和年間，元稹、白居易皆曾站在偏重詩歌之諷諭內容的立場上，評價李白與杜甫的作品，如白氏〈與元九書〉：

> 又詩之豪者，世稱李、杜。李之作才矣、奇矣，人不逮矣；索其風雅比興，十無一焉。杜詩最多，可傳者千餘者，至於貫穿今古，覼縷格律，盡工盡善，又過於李。然撮其〈新安〉、〈石壕〉、〈潼關吏〉、〈蘆子〉、〈花門〉之章，「朱門酒肉臭，路有凍死骨」之句，亦不過三、四十。杜尚如此，況不逮杜者乎？

稍早，元稹亦有李、杜優劣之論〔註7〕。韓愈則顯然對此種略忽李、

妄相傚傚，而又從而失之，遂至於支離褊淺之詞，皆目爲元和詩體。某又與同門生白居易友善，居易雅能爲詩，就中愛驅駕文字，窮極聲韻，或爲千言，或爲五百言律詩，以相投寄，小生自審不能有以過之，往往戲排舊韻，別創新詞，名爲次韻相酬，蓋欲以難相挑。江湘間爲詩者復相傚傚，力或不足，則至於顛倒語言，重複首尾，韻同意等，不異前篇，亦目爲元和詩體。而司文者考變雅之由，往往歸咎於稹，嘗以爲雕蟲小事，不足以明。」（《全唐文》卷653）

〔註6〕杜牧〈唐故平盧軍節度巡官隴西李府君墓誌銘〉引李戡語：「嘗痛自元和以來，有元白詩者，纖豔不逞，非莊士雅人，多爲其所破。流於民間，疏於屛壁，子父女母，交口教授，淫言媟語，冬寒夏熱，入人肌骨，不可除去。吾無位，不得用法以治之！」（《全唐文》卷755）

〔註7〕元稹〈唐故工部員外郎杜君墓誌銘〉（元和8年）序文：「至於子美，蓋所謂上薄風、騷，下該沈、宋，言奪蘇、李，氣吞曹、劉。掩顏、謝之孤高，雜徐、庾之流麗，盡得古今之體勢，而兼昔人之所獨專矣。……則詩人以來，未有如子美者。時山東人李白，亦以奇文取稱，時人謂之李、杜。予觀其壯浪縱恣，擺去拘束，模寫物象，及樂府歌詩，誠亦差肩於子美矣。至若鋪陳終始，排比聲韻，大或千言，次猶數百，詞氣豪邁，而風調清深，屬對律切，而脫棄凡近，則李尚不能歷其藩翰，況堂奧乎？」（《全唐文》卷654）

杜詩的創作技巧，而專門側重在詩歌之諷諭內容的評價態度頗不以爲然，因此在〈調張籍〉一詩中譏評：

> 李杜文章在，光焰萬丈長。不知群兒愚，那用故謗傷。蚍蜉
> 撼大樹，可笑不自量。（《集釋》卷九）

宋人魏泰認爲此數句是韓愈「爲微之發也」〔註8〕。而詩中第二十九句至三十六句說：

> 我願生兩翅，捕逐出八荒。精神忽交通，百怪入我腸。刺手
> 拔鯨牙，舉瓢酌天漿。騰身跨汗漫，不著織女襄。

則正是以奇想險語道出了一己所欲追求、不同於「元輕白俗」的奇險雄豪的詩歌境界。另則如前所述，元、白詩風至元和年間，已風靡於全國，而韓愈卻絲毫未受影響，而且，閻琦氏曾分韓詩爲三期：

> 韓愈的詩歌創作，結合他的仕宦經歷，大致可分三期。初期
> 十六年，從貞元元年到貞元十六年，韓愈十八～三十三歲。
> 中期十七年，由貞元十七年到元和十三年，韓愈三十四～五
> 十一歲。晚期由元和十四年到長慶四年，只六年，韓愈由五
> 十二歲到去世。初期時間不算短，韓愈的創作卻不多，僅四
> 十餘首。中期時間最長，創作量最大，全部詩歌的百分之七
> 十屬這一期。晚期時間短，作品較少，約八十餘首。……初
> 期可以說是他的模仿期，……創作中期，奇崛壯大的特色有
> 了很大的發展，……到了晚期，壯浪姿（恣）肆的詩風大致
> 褪盡，古樸平淡、寄興深遠的五古成功到頂峰。……中間走
> 了較長一段主要是奇峭的路。（《韓詩論稿》頁一九七、一九八）

元、白詩風的盛行時期，據白氏作於元和十年（八一五）〈與元九書〉中的自供，與元稹作於長慶四年（八二四）冬天的〈白氏長慶集序〉，依其序說「二十年間，禁省觀寺郵堠墻壁之上無不書，王公妾婦牛童馬走之口無不道」以推算，則其時期大約自德宗貞元二十年（八〇四）

〔註8〕魏泰《臨漢隱居詩話》：「元稹作李杜優劣論，先杜而後李。韓退之不
以爲然，詩曰：『李杜文章在，光燄萬丈長。不知群兒愚，何用故謗
傷。蚍蜉撼大木，可笑不自量。』爲微之發也。」（《歷代詩話》頁
320）

開始，而此一時期正巧值韓愈詩歌創作之中期，創作作品最多，也是韓詩奇險特色的形成時期。因此，韓愈詩歌在中期走向如趙翼所說的「奇險」，除了矯正大歷以降柔靡庸弱的詩風外，難免令人產生抗拒、「撐起」元、白「鄙俚輕俗」一類詩歌流弊的印象。

　　據羅宗強《唐詩小史》之說，貞元二年韓愈才來到長安，其間作品並不多，如貞元七年所作之〈落葉送陳羽〉，從詩風看來與大歷詩人實無差異。貞元八年登進士第後，所爲詩除〈謝自然〉有散文化傾向外，並無其它怪奇特點，而且如作於貞元九年的〈孟生詩〉，其敘述與議論，皆頗類杜甫，可明韓詩早期的確尚處於模仿階段。韓愈詩開始表現出「奇險」面目者，是在貞元十四年與孟郊作〈遠遊聯句〉時，如朱子所說：

> 韓詩平易，孟郊喫了飽飯，思量別人不到處。聯句中被他牽得亦著如此做。（見《韓愈資料彙編》頁四二四）

羅氏以爲：

> 從這時起，韓詩中追求怪奇，追求震蕩光怪的美，以醜爲美的特點便不斷表現出來了，同作於貞元十四年的〈答孟郊〉、〈醉留東野〉，……作於十七年的〈贈侯喜〉，怪怪奇奇，以醜爲美的風格完全成熟了。（《唐詩小史》頁二二○）

其說與閻氏以貞元十七年爲韓詩中期之起始，實若合符契。然而，孟郊長韓愈十八歲，早在貞元十四年韓愈三十一歲，作品初染「奇險」色彩前，孟郊少數年代明確可考的詩作，如貞元八年初下第後，所作之〈長安道〉，與寫作於貞元九年的〈京山行〉、〈贈竟陵盧使君虔別〉、〈旅次湘沅有懷靈均〉、〈鴉路溪行呈陸中丞〉〔註9〕，皆已在想像或用字上流露出「奇險」的色彩，而此時韓詩尚在模仿階段，詩風猶是「平易」。觀上述韓愈稱譽孟郊，並且對之佩服得幾至五體投地諸語，主要都是針對孟郊詩中的「奇險」風格而發。因此，韓愈詩在後來步

〔註9〕據華忱之《孟東野詩集》一書附錄〈孟郊年譜〉。孟郊行蹤及部分詩歌寫作年月明確可考者是從詩人三十歲（德宗建中元年，780）。開始。

向奇險，可說不無受孟郊詩作啓發之可能，而孟郊詩所以能受韓愈如此推重，實與中唐盛行鄙俚、平易之詩風，致使韓愈引之爲改革同志有關，其著眼點固在於孟郊詩的語言藝術方面。

趙翼在《甌北詩話》卷三中曾指出，遊於韓愈門下諸人，韓愈「皆以後輩待之」，即使如盧全、崔立之和韓愈誼屬平交，韓氏亦不甚推重，但是，對於孟郊的態度卻可謂「心折」。如其〈醉留東野〉一詩：「昔年因讀李白杜甫詩，長恨二人不相從。吾與東野生並世，如何復躡二子蹤？……我願身爲雲，東野變爲龍。」此實和孟郊以李、杜自相期許。而韓愈之所以如此推重孟郊，則正如趙氏所說：

> 蓋昌黎本好爲奇崛喬皇，而東野盤空硬語，妥帖排奡，趣尚略同，才力又相等，一旦相遇，遂不覺膠之投漆，相得無間，宜其傾倒之至也。今觀諸聯句詩，凡昌黎與東野聯句，必字字爭勝，不肯稍讓；與他人聯句，則平易近人。可知昌黎之於東野，實有資其相長之功。

一位與中國文學史上居大家地位的韓愈有「資其相長之功」，並且受到韓愈「心折」、「傾倒之至」的詩人，卻因蘇東坡一句「郊寒」，而長久爲人所訕笑、譏評。甚或不顧孟、韓年齒之殊與「資其相長之功」的事實，而勢利於韓愈，以孟郊爲「韓門弟子」（見錢基博《韓愈志·韓門弟子記》），不但對孟郊不公，也與事實相違。葉燮說：

> 開寶之詩，一時非不盛，遞至大歷、貞元、元和之間，沿其影響字句者且百年，此百餘年之詩，其傳者已少殊尤出類之作，不傳者更可知矣。必待有人焉起而撥正之，則不得不改絃而更張之。愈嘗自謂陳言之務去，想其時陳言之爲禍，必有出於目不忍見，耳不堪聞者，使天下人之心思智慧，日腐爛埋沒於陳言中，排之者比於救焚拯溺，可不力乎？（《原詩·內篇》）

向以韓愈爲首的所謂「韓孟詩派」[註10]，即著力於語言藝術之新創，

〔註10〕由於「韓孟詩派」非一正式性之團體，故其成員之認定，向無一定之
　　　　說法。過去詩評家常以詩友之間的同聲相應，及其彼此之間詩風的一

「惟陳言之務去」（〈答李翊書〉，《韓昌黎文集》卷三），詩風一向以「奇險」爲稱。李日剛氏《中國詩歌流變史》中，曾細分晚唐詩爲七派，除淺俗派、律格派、豪宕派、清雅派外，又以爲典綺派源出杜甫、李賀；怪澀派遠眺韓愈、孟郊；幽僻派則學賈島。所分雖嫌太繁，然若首肯其分派，則在李氏所分晚唐七派中，竟有三派受到「韓孟詩派」詩人的影響，可見此一詩派在中、晚唐詩歌史上的重要性。而孟郊詩在整體成就上，固宜屬二流詩人，然而其致力於詩歌語言、意象之創

致性，而擇取其中一二有獨創作風的詩人爲首以稱，「韓孟詩派」之稱呼殆亦由是。趙翼《甌北詩話》卷三：「遊韓門者，張籍、李翱、皇甫湜、賈島、侯喜、劉師命、張徹、張署等，昌黎皆以後輩待之，盧仝、崔立之雖屬平交，昌黎亦不甚推重。所心折者，惟孟東野一人。」翁方綱《石洲詩話》卷二：「韓門諸君子，除張文昌另一種，自當別論。皇甫持正、李習之、崔斯立皆不以詩名。惟孟東野、李長吉、賈閬仙、盧玉川四家，倚仗筆力，自樹旗幟。……劉叉〈冰柱〉、〈雪車〉二詩，尤爲粗直傖俚。」《靜居緒言》：「韓門吹噓寒士，不愧仁風，其間忘德薄行者有之，如盧仝、劉叉輩，人所知者也。」上舉人數雖多，但若就創作同一文學形式而論，去除「不以詩名」者，則以詩名的所謂「韓門諸君子」惟韓愈、孟郊、張籍、賈島、盧仝、劉叉、李賀七人。而其中張籍之詩，如宋人劉邠《中山詩話》：「張籍樂府詞，清麗深婉，五言律詩亦平澹可愛，至七言詩，則質多文少。材各有宜，不可強飾。」其詩風並不以「奇險」爲稱，故翁方綱在《石洲詩話》中，認爲其詩在韓門中爲「另一種，自當別論。」至於馬承五氏則曾依詩人彼此間的互動關係，據《全唐詩》檢理出孟郊、韓愈、賈島、盧仝、劉叉、馬異、姚合七人之間的贈答篇數，以爲「這個詩人群體是中唐以險怪奇特見長的韓孟詩派的中堅人物。」（〈中唐苦吟詩人綜論〉）其中並未列入李賀，卻多出馬異與姚合。然而，李賀詩風向以「奇詭險怪」爲人所稱，且韓愈曾登門拜訪，勸其舉進士，並爲〈諱辯〉一文爲之辨難，二者關係實爲密切。而姚合詩風則誠如翁方綱《石洲詩話》卷二所說：「姚武功詩，恬淡近人，而太清弱，抑又太盡，此後所以漸靡靡不振也。然五律時有佳句，七律則庸軟耳。」則姚氏雖亦苦吟爲詩，詩風卻似乎不以「奇險」見長，故本文不擬將之列入「韓孟詩派」。至於其中的馬異，爲詩雖也以「險怪」爲稱，然今存詩僅四首，故本文在第五章「孟郊詩在中唐奇險詩風中的意義」一節中，討論孟郊與「韓孟詩派」其他詩人作品異同時，亦不予討論。要之，本文對「韓孟詩派」成員之認定，主要據翁方綱《石洲詩話》之說爲主。

新，在中唐「韓孟詩派」的「奇險」詩風中，其筆路藍縷的先驅地位，似不應因此而被掩沒不論。由於孟郊在中國文學史上始終屬於小詩人，歷代對他的討論並不多，即有亦多爲印象式的批評，片言隻語，籠統概括，雖也偶有精彩之處，惟少見透闢的論析。及至現代，與李、杜、韓、蘇諸大家相較，對孟郊的研究亦明顯不如，據樂耕〈十年來台灣唐代文學研究概說〉(《中國古代近代文學研究》一九九一年九月)的記載，八〇年代十年間，台灣地區的學者研究孟郊者，竟只有尤信雄先生的《孟郊研究》(文津出版社一九八四年)，與羅清能先生的〈孟郊及其詩研究〉(《花蓮師專學報》十三期)兩著作而已。因此，關於詩人孟郊及其作品所存在的一些問題，實有繼續予以探討之必要。故本論文以孟郊及其作品爲主要研究對象，嘗試藉由前述「人格風格」與「語言風格」二概念，以探討其「奇險」詩風形成之原因、創作表現，及其在「韓孟詩派」中之地位，庶能與歷代平心論孟郊詩者，共還詩人以公道。

第二章　孟郊詩歌創作的時代文化背景

　　孟郊生於玄宗天寶十年（七五一），中歷肅宗、代宗、德宗、順宗，而卒於憲宗元和九年（八一四），享年六十四。

　　詩人童年時正值動盪唐帝國的安史亂事，及長，則面對著安史亂後，帝國的殘破局面。劉勰：「文變染乎世情，興廢繫乎時序。」（《文心雕龍・時序篇》）時代的整體大環境對於作家的詩文，往往有著一定程度的影響。而所謂「元和之風尚怪」（李肇《國史補》），其時詩風之新變，並不盡在於詩人個人的才情，其中實牽涉到中唐整個時代的大局勢。孟郊在〈送任齊二秀才自洞庭遊宣城〉一詩之序文中，也說：

> 文章者，賢人之心氣也。心氣樂則文章正，心氣非則文章不正。當正而不正者，心氣之偏也。賢與偏見於文章。一直之詞，衰代多禍，賢無曲詞。文章曲直，不由於心氣，心氣之悲樂，亦不由賢人，由於時故。（《孟東野詩集》卷七）

孟郊序文中之大意，蓋以為文章的創作表現，乃繫之於賢者「心氣」的作用。「心氣」暢樂，則文章吐屬之音自然雅正，「心氣」不豫適，則反之。文章之表現理應雅正而不能雅正者，其原因是由於賢者「心氣」受到刺激而不能常態作用。心氣的作用正常與否，皆可於文章中見之。因此，文詞激直，那是由於處衰亂多變故之世的緣故，賢者逢衰亂之世，並不以婉曲之詞達意。如此，則文章辭氣的委曲直切與否，

又不完全能歸因於「心氣」，而「心氣」的或悲或樂，也不全因作者，實皆由於外在時代環境的際遇關係。

此篇序文可視爲孟郊之文學批評，其中明白指出作者「心氣」之悲樂，並不決定於作者本身，而是深受時代環境的影響。而文章既深受「心氣」之影響，因此，其表現或直或曲、或正或不正，其關鍵實亦與外在時代的大環境有密切關係。因此，本章將概要敘述孟郊所處時代之政治與社會情況，並對當時包籠詩人創作的時代學術、藝術文化現象擇要略述，以求對形成孟郊奇險創作詩風之時代大環境有一基本了解。

第一節　動盪不安的唐代中期

「漁陽鼙鼓動地來，驚破霓裳羽衣曲。九重城闕煙塵生，千乘萬騎西南行。」白居易作於憲宗元和元年十二月（八〇六）的〈長恨歌〉，詩中藉由驚天動地而來的漁陽鼙鼓之聲，具體描述距其時已有半個世紀之久的天寶之亂中（七五五～七六三），李隆基與楊玉環的死別悲劇。然而，跳脫開玄宗與楊妃二人的死別之痛，天寶十四年的大動亂，無疑的亦是所有大唐帝國子民心中的巨大隱痛。從此，大唐輝麗的盛世亦猶如護駕西南的倉皇兵馬車駕一般，在滾滾的兵燹劫灰之中，逐漸的消逝在暮色蒼茫裡。

天寶之亂的敉平，歷玄宗、肅宗，至代宗廣德元年（七六三）史朝義敗死，前後時間長達八年之久。大亂雖定，然而影響之巨，卻使其後中、晚唐百餘年的歲月，皆擺盪於其餘波殘響之中。盛唐治世已一往而不復，但在面對動盪嚴峻的政經、軍事情勢之下，中唐〔註1〕的帝王與知識分子仍是希冀有所作爲，此如德宗初年的「建中」之治

〔註1〕唐詩分期，歷來眾說紛紜，本文大致依元人楊士弘《唐音》，與明人高棅《唐詩品彙》之說，以代宗大曆元年至文宗太和9年（766～835）爲中唐時期。

與憲宗時代的「元和中興」，即曾鼓舞眾多知識分子重燃起恢復盛唐
光華的希望。只是，消逝的華光，已永遠的消失，已及日暮時分的唐
帝國，一切的努力，最終卻都只是徒勞的迴光返照。

一、藩鎮跋扈與外敵寇擾

《新唐書》卷五十〈兵志〉載云：

> 大盜既滅，而武夫戰辛以功起行陣，列爲侯王者，皆除節度
> 使。由是方鎮相望於內地，大者連州十餘，小者猶兼三四，
> 故兵驕則逐帥，帥彊則叛上。……天子顧力不能制，則忍恥
> 含垢，因而撫之，謂之姑息之政。……姑息愈甚，而兵將愈
> 俱驕。由是號令自出，以相侵擊。……妄一喜怒，兵已至於
> 國門，天子爲殺大臣，罪己悔過，然後去。

天寶亂前，曾於帝國沿邊設置十節度使，雖云鎮將軍權頗重，畢竟仍
聽命於中央，國家政令仍屬一統。及天寶亂後的唐代中期，則方鎮遍
於各地，中央集權和統一局面被打破，中央號令不行，地方各自爲政。
朝廷與藩鎮，藩鎮與藩鎮之間，彼此交相攻伐，外患乘時興起，侵寇
連年，唐帝國遂陷入動亂與戰火之中，而廣大無辜的人民則仆墜於塗
炭之地，輾轉於溝壑之間。

　　此中軍閥跋扈情形，舉其犖犖大者，如代宗時的魏博節度使田
承嗣，竟爲禍亂唐室幾於滅亡的安祿山、史思明父子立祠，稱之爲「四
聖」，其囂張跋扈，簡直目無唐室的存在。而德宗時淮西節度使李希
烈先自立爲天下都元帥建興王，遣將寇唐陷汝州，繼則自立爲帝，國
號大楚，公然反叛。憲宗朝，則有淄青節度使李師道與淮西節度使吳
元濟相勾結，爲沮駭朝廷的進取政策，竟遣刺客入京師刺殺宰相武元
衡，踐踏王法，亦可謂蠻悍之至。

　　至於帝國中期外患之爲禍，則有回紇與吐蕃。其侵奪尤烈者，
則首推吐蕃。

　　回紇於安史亂起之後，雖曾四次遣兵入援，助唐收復兩京，但
是每戰必索報酬，克城之後，又往往大肆殺掠。而且與唐成立一種貿

易關係，即以其馬匹易唐縑帛，馬一匹值唐縑四十四匹，而馬皆病弱不可用。《新唐書》卷五十一〈食貨志〉：

> 歲送馬十萬匹，酬以縑帛百餘萬匹，而中國財力屈竭，歲負馬價。

白居易〈陰山道〉：

> 每至戎人送馬時，道旁千里無纖草。草盡泉枯馬病羸，飛龍但印骨與皮。五十疋縑易一匹，縑去馬來無了日。養無所用去非宜，每歲死傷十六七。縑絲不足女工苦，疏織短截充匹數。（《白居易集》卷四）

可見與回紇欺人的馬匹貿易已成為唐國家財政之重大問題，宜乎詩人疾視之甚。

《新唐書》卷二一六下〈吐蕃傳〉贊說：

> 唐興，四夷有弗率者，皆利兵移之，踬其牙，犁其廷而後已。
> 唯吐蕃、回鶻號彊雄，為中國患最久。

然而，回紇對唐主要在於財帛上的貪得無厭，於唐土倒無野心。而且，唐中期吐蕃日益猖獗，唐室雖不滿於回紇經濟上之壓迫，卻不得不採取「聯回抗吐」之政策，引入外力，以對付帝國西南的主要敵人，因此，在委屈隱忍的政策下，尚能維持雙方的和平。而吐蕃之寇擾則是土地的掠奪，於唐中期為害帝國至深且巨，實為繼突厥之後，唐朝的首要邊疆大患。

在安史亂前，吐蕃即連年寇邊，併吞附唐部族，擴境達萬餘里，而且時常與西突厥聯合侵奪帝國西陲邊區，唐室無以制勝。及安史亂後，帝國衰弱，吐蕃對唐的侵寇，遂更加肆無忌憚。

代宗廣德元年（七六三），吐蕃在併吞唐西北各州之後，攻入都城長安，代宗倉皇逃奔陝州，吐蕃縱兵恣意焚掠，後雖為郭子儀驚走，但二年後，又聯合回紇、党項、吐谷渾數十萬兵馬，大舉入寇。幸賴郭子儀以單騎約盟回紇共擊，吐蕃才敗走。德宗即位後，吐蕃於貞元二年（七八六）又大舉入寇，京師戒嚴，後為唐將李晟所敗，吐蕃求

和。貞元三年，雙方盟於原州（甘肅固原），未料爲吐蕃所欺，唐軍死傷數百人。時韓愈從兄韓弇爲判官，亦被害，韓愈感賦〈烽火〉詩，寄慨遙深，爲兄下淚。〔註2〕

吐蕃背盟後，復多次寇唐，於貞元五年（七八九）攻陷唐安西、北庭兩都護府，爲唐最重大之損失，從此帝國西疆喪失殆半。

此後吐蕃與唐之間的大小戰爭始終不絕，直至宣宗大中年間，因國內部族紛爭始衰。計其終始，約二百年，「唐代中國所受外族之患未有若斯之久且劇者」。（陳寅恪《唐代政治史述論稿》下篇〈外族盛衰之連環性及外患與內政之關係〉）

孟郊〈百憂〉詩：

> 萱草女兒花，不解壯士憂。壯士心是劍，爲君射斗牛。朝思除國讎，暮思除國讎。計盡山河畫，意窮草木籌。（華忱之《孟東野詩集》卷二）

韓愈〈齪齪〉詩：

> 齪齪當世士，所憂在飢寒。但見賤者悲，不聞貴者歎。大賢事業異，遠抱非俗觀。報國心皎潔，念時涕汍瀾。（錢仲聯《韓昌黎詩繫年集釋》卷一）

張籍〈西州〉詩：

> 羌胡據西州，近甸無邊城。山東收稅租，養我防塞兵。胡騎來無時，居人常震驚。嗟我五陵間，農者罷耘耕。邊頭多殺傷，士卒難全形。……所願除國難，再逢天下平。（《全唐詩》卷三八三）

賈島〈代邊將〉詩：

> 三尺握中鐵，氣衝星斗牛。報國不拘貴，憤將平虜讎。（李嘉言《長江集新校》卷二）

〔註2〕〈烽火〉詩：「登高望烽火，誰謂塞塵飛。王城富且樂，曷不事光輝。勿言日已暮，相見恐行稀。願君熟念此，秉燭夜中歸。我歌寧自戚，乃獨淚霑衣。」（錢仲聯《韓昌黎詩繫年集釋》卷一，上海古籍出版社，1984年）。

李賀〈南園十三首之五〉：

> 男兒何不帶吳鉤，收取關山五十州。請君暫上凌煙閣，若箇
> 書生萬戶侯。（王琦《李長吉歌詩彙解》卷一）

此皆爲中唐有志之士人，或居廟堂之高，或處江湖之遠，不論得志與
否，皆不徒以花草蜂蝶爲詩，而多有戮力國仇、悲天憫人之胸懷。唐
中期詩之所以多激亢不平之音，而與盛唐異調者，此動盪不安的時代
背景要爲一因。

二、宦官亂政與外廷黨爭

上述爲唐中期朝廷與藩鎮、外敵關係之概觀，至於朝廷內部，
則唐室鑒於安史之亂，故於武人頗爲忌憚，乃信用宦官，以之爲監軍，
甚至以之入統禁旅，宦官遂乘時以攬權，終至予奪帝王之生死。

天寶亂前，中央政權大體操諸宰相。天寶亂後，宦官雖成爲政
治之中心，典掌中央兵權，但究其實際，並非制度上之確立。及至
德宗建中四年（七八三），京師發生涇原兵變事件，德宗倉卒出奔，
中央禁軍將領無一至者，唯有宦官竇文場、霍仙鳴保駕隨行，故還
京後，罷武將統兵，以宦官代之。貞元十二年（七九六），置左右神
策護軍中尉，在制度上正式由宦官擔任，中央兵權從此長期落入宦
官集團手中。唐中期以後之政局既爲此輩刑餘之人所操縱，先是妒
賢忌能，專與正人爲敵，其後更左右皇帝之廢立，自憲宗以後，穆
宗、文宗、武宗、宣宗、懿宗、僖宗、昭宗皆爲宦官所立，而憲宗、
敬宗更爲宦官所弒。

李賀於憲宗元和四年（八〇九），詩人二十歲時（據錢仲聯《夢
苕盦專著二種·李賀年譜會箋》），作有〈呂將軍歌〉：

> 北方逆氣汙青天，劍龍夜叫將軍閒。將軍振袖拂劍鍔，玉關
> 朱城有門閣。楍楍銀龜搖白馬，傅粉女郎火旗下。恆山鐵騎
> 請金槍，遙聞籠中花箭香。（《李長吉歌詩彙解》卷四）

此詩之作，爲當時成德節度使王承宗反，憲宗雖不予姑息，決定用兵

討伐，卻不任用宿將，竟以寵信之宦官吐突承璀領軍，白居易即曾在奏書〈論承璀職名狀〉中剴切陳敘〔註3〕。然而，憲宗後來雖不得已改吐突承璀爲招討宣慰使，實際上卻仍爲諸軍之統帥。前引李賀詩前四句，即是詩人爲呂將軍遭投閒置散，國難當頭，空有報國之心，卻不能實有作爲，而深深致慨。後四句則措辭非常尖銳的嘲諷宦官統軍，怯懦無能得像個女郎一般。

　　稍後於李賀，時代已入晚唐的李商隱亦有詩〈有感二首〉〔註4〕。詩人自注：「乙卯年有感，丙辰年詩成。」丙辰年爲文宗開成元年（八三六），詩中敘述的正是發生於前一年，即文宗太和九年宮廷的「甘露之變」。在「甘露之變」中，文宗謀誅宦官不成，反招宦官仇士良以其統領的中央禁軍反撲，大殺朝臣，文宗本人也成了宦官的傀儡，自以爲受制於家奴，比周赧王和漢獻帝都不如，故詩人言之悲憤異常。商隱尚有〈重有感〉一首，所言亦是此事。

　　刑餘當道，政亂國敗，正邪反錯，是非混淆，此等又皆爲中、

〔註3〕白居易〈論承璀職名狀・承璀充諸軍行營招討處置使〉：「臣伏以國家故事，每有征伐，專委將帥，以責成功。近年以來，漸失舊制，始加中使，命爲都監。……興王者之師，徵天下之兵，自古及今，未有令中使專統領者。今神策軍既不置行營節度使，即承璀便是制將。又充諸軍招討處置使，即承璀便是都統，豈有制將都統而使中使兼之？臣恐四方聞之，必輕朝廷；四夷聞之，必笑中國；王承宗聞之，必增其氣。國史記之，後嗣何觀？……此是資承宗之計，而挫諸將之勢也。」（《全唐文》卷六六八，北京中華書局，1987年）。

〔註4〕〈有感二首〉之一：「九服歸元化，三靈叶睿圖。如何本初輩，自取屈氂誅。有甚當車泣，因勞下殿趨。何成奏雲物，直是滅萑符。證逮符書密，辭連性命俱。竟緣尊漢相，不早辨胡雛。鬼籙分朝部，軍烽照上都。敢云堪痛哭，未免怨洪爐。」之二：「丹陛猶敷奏，彤庭歘戰爭。臨危對盧植，始悔用龐萌。御仗收前殿，兇徒劇背城。蒼黃五色棒，掩遏一陽生。古有清君側，今非乏老成。素心雖未易，此舉太無名。誰瞑銜冤目，寧吞欲絕聲。近聞開壽讌，不廢用咸英。」（馮浩《玉谿生詩集箋注》卷一，里仁書局，1981年）。

晚唐知識分子於國事之同感痛心無力處。

　　唐中、晚期之中央政局於內廷方面如上所述，先是皇帝與宦官聯合，後演成皇帝爲宦官所左右。至於外廷之朝臣，則因此與勢力日盛的宦官產生權力之衝突。然而外廷並非團結一體，本身之衝突更甚，甚至依附宦官以爲黨爭之助力，往往流於私人意氣之爭。

　　唐中期有兩次激烈的外廷朝臣之間的鬥爭，分別是順宗朝的「永貞事件」與憲宗朝開始的「牛李黨爭」。

　　「永貞事件」是發生於德宗貞元二十一年（後順宗踐祚，憲宗爲改元爲永貞元年，八〇五），新進朝士王叔文等人與舊臣、宦官之間的鬥爭。起因爲政治革新集團二王八司馬（王叔文、王伾、韋執誼、韓泰、韓曄、柳宗元、劉禹錫、陳諫、凌準、程异）之銳意改革德宗時期的弊政。由於改革步驟過於急遽，加以主事者襟懷狹隘，用人有所不當，更爲致命的是削奪宦官軍權的行動過於草率，導致其他朝臣與宦官聯合擁立太子李純，終於迫使重病的順宗「內禪」。太子即憲宗，即位後，改革集團成員或賜死，或貶爲邊州司馬，整個事件前後只有半年。

　　此次黨爭爲時短暫，對政局的影響不大。中唐詩壇上的兩大文學集團，即「元白」與「韓孟」之重要成員，均未捲入此次黨爭，但韓愈和白居易，卻都有詩作表明對此次黨爭的態度。如韓愈於永貞元年作有〈赴江陵途中寄贈王二十補闕李十一拾遺李二十六員外翰林三學士〉一詩，詩云：

　　　昨者京使至，嗣皇傳冕旒。赫然下明詔，首罪誅共呶。(《集釋》卷三)

把遭憲宗貶逐的王叔文、王伾痛斥爲共工和驩兜，足見其憎惡之情。同年的〈永貞行〉一詩又說：

　　　小人乘時偷國柄，……一朝奪印付私黨，懍懍朝士何能爲。狐鳴梟噪爭署置，睒睒跳踉相嫵媚。……董賢三公誰復惜，侯景九錫行可歎。……共流幽州鮌死羽。(《集釋》卷三)

對於永貞改革集團之首腦王叔文、王伾，比之爲小人、狐狸、鴟梟、董賢、侯景、共工、鯀，其深惡痛絕之情可謂溢於言表，難怪有人要以爲韓愈是反對派「無形之『黨』中積極的一員」了。(蔣凡〈韓愈與王叔文集團的「永貞革新」〉，《復旦大學學報》一九八〇年第四期頁六八、七三)。

白居易的態度則與韓愈不同。

永貞革新時，白居易雖只是一個九品的校書郎，官小名微，但觀其上書韋執誼的〈爲人上宰相書〉一文〔註5〕，於當時弊政諄諄言之，殷殷期待他能夠「補既往之失，圖將來之安」，進行改革。且云：

> 欲行大道，樹大功，貴其速也。蓋明年不如今年，明日不如今日矣。故孔子曰日月逝矣，歲不我與。此言時之難得而易失也。

一方面強調「時」之重要，一方面又希望「相公之事業，……在於疾行而已。」對韋執誼之期待，可謂情見乎辭。永貞內禪後，白氏尙作有〈寓意〉、〈寄隱者〉、〈陵園妾〉等詩，以表示對韋與八司馬之同情。〔註6〕

〔註5〕《全唐文》卷六七四。關於白居易這篇上書，顧學頡〈白居易與永貞革新〉一文，(《文史》第十一輯頁 185 至 202，北京中華書局，1981 年)。考辨甚詳。文中以爲此書是貞元 21 年 2 月 19 日上給新任宰相韋執誼的，而所「爲」(代) 之「人」，則據書文最後一段以考白氏其時之經歷，應即是白居易自己。蓋王、韋等人失敗後，鑒於法禁與時議，白氏自當有所避諱，故於事後編集時加署「爲人」二字，以自晦其跡。

〔註6〕〈寓意〉見《白居易集》卷二。(北京中華書局，1985 年) 其第二首云：「赫赫京內史，炎炎中書郎。昨傳徵拜日，恩賜頗殊常。貂冠水蒼玉，紫綬黃金章。佩服身未暖，已聞竄遐荒。親戚不得別，吞聲泣路旁。賓客亦已散，門前雀羅張。富貴來不久，倏如瓦溝霜。權勢去尤速，瞥若石火光。不如守貧賤，貧賤可久長。傳語宦遊子，且來歸故鄉。」
顧學頡在〈白居易與永貞革新〉一文中，據舊唐書云永貞元年 2 月，貶京兆尹李實爲通州長史。同月，以韋執誼爲尚書右丞同中書門下平章事；11 月，貶中書侍郎平章事韋執誼爲崖州司馬。故

　　「永貞事件」只動盪於一時，至於「牛李黨爭」，則起於憲宗朝，歷穆、敬、文、武、宣諸帝，前後達四十年之久。其時朝臣幾乎皆捲入此一黨爭漩渦之中，非黨牛即黨李，雙方互相排擠。

　　由於牛、李黨人皆未曾明言自己結黨，後人所謂牛、李之「黨」，大致上是指山東士族出身的李德裕、鄭覃、李紳等人與進士出身、以座師門生關係互相援引的李宗閔、牛僧孺、李逢吉諸人。黨爭初起，蓋因彼此政見之不同，然而演至後來，則多為雙方意氣、權勢之爭，而為取得黨爭之奧援，則又各自傾結宦官，致使爭端更趨複雜化。

　　此一黨爭始於憲宗元和三年（八〇八），李吉甫為相，主張以武力削藩，以重振朝廷威望。而當年策試賢良方正，進士李宗閔於對策時，譏切李吉甫，其子李德裕當時為翰林學士，對李宗閔甚為不滿，後覓隙將李宗閔貶為遠州刺史，於是二人結怨，各樹朋黨，互相攻訐，此起彼伏，達四十餘年。

　　中唐詩壇上的兩大文學集團，「元白」一派重要之詩人捲入黨爭者有元稹。據《舊唐書》卷一七三：

認為詩中以京內史與中書郎並舉，且朝拜夕貶，則意指韋執誼等人，應無可疑。〈寄隱者〉見《白居易集》卷一。詩云：「賣藥向都城，行憩青門樹。道逢馳驛者，色有非常懼。親族走相送，欲別不敢住。私怪問道旁，何人復何故。云是右丞相，當國握樞務。祿厚食萬錢，恩深日三顧。昨日延英對，今日崖州去。由來君臣間，寵辱在朝暮。青青東郊草，中有歸山路。歸去臥雲人，謀身計非誤。」
顧文認為中書省在大明宮內西邊，習稱西省、右掖，中書侍郎同平章事，又稱為右丞相，加以詩中明言崖州之事，則應亦是指韋執誼之事。
此外，顧文又以為〈寓意〉第一首、第五首亦是白居易以隱晦的方法敘述此一事件者。蓋事變後不久，格於禁令，礙於時議，不便明言，故只得以隱晦的方式來表示自己的同情。（《文史》第十一輯頁，190）
〈陵園妾〉見《白居易集》卷四。原詩頗長，茲略。
此詩據陳寅恪先生之說，應是藉幽閉之宮女以寄慨於八司馬之竄逐。（《陳寅恪先生文集》冊三〈元白詩箋證稿〉頁 266）

穆宗召（李紳）爲翰林學士，與李德裕、元稹同在禁署，時
稱三俊，情意相善。

另卷一七四：

時德裕與李紳、元稹俱在翰林，以學識才名相類，情頗款密，
而逢吉之黨深惡之。

可見元稹實依附李黨者。另據《舊唐書》卷一六六：

大和已後，李宗閔、李德裕朋黨事起，是非排陷，朝升暮黜，
天子亦無如之何。楊穎士、楊虞卿與宗閔善，居易妻穎士從
父妹也。居易愈不自安，懼以黨人見斥，乃求致身散地，冀
於遠害，凡所居官，未嘗終秩，率以病免，固求分務，識者
多之。

由此可知白居易之深恐陷入黨爭漩渦之中，因此雖與元稹爲至交，卻
又與牛黨的牛僧孺爲詩友，與兩黨之人士皆保持著友善的關係，藉以
週旋於其間。

至於「韓孟詩派」的領袖人物韓愈，其與牛李黨爭相關之歲月，
有元和、長慶二朝，共計十七年。

元和三年牛、李齟齬時，韓愈以國子博士分司東都洛陽，並未
捲入政爭。但元和十年討淮西之役，韓上〈論淮西事宜狀〉條陳用兵
事宜，與主戰之李黨同，遂與主安撫之牛黨衝突。元和十一年夏（八
一六），時爲宰相的牛黨李逢吉、韋貫之遂摭其舊事，藉故貶愈爲太
子右庶子。此爲韓愈雖非牛、李黨人，卻首次被捲入黨爭之中。但終
元和一朝，韓愈若非投閒置散，即投身戎旅，幾乎未受黨爭中的主要
人物重視。

穆宗長慶元年三月（八二一），爆發錢徽貢舉案，四月諸人紛
紛外貶，韓愈因此寫下了第一首有關牛李黨爭的詩：〈南山有高樹行
贈李宗閔〉，該詩以隱晦之手法表示自己的看法與同情，藉以避免捲
入牛李黨爭之中。長慶四年，韓愈去世，終於能置身於黨爭漩渦之
外。

三、民生之艱困

安史亂後，關係唐代國家財政經濟的「均田」田制與「租庸調」賦稅制度，因百姓流徙，人口驟減與豪富、寺院之兼併土地而日趨於破壞、崩潰。社會動盪，生產不足，物質匱乏，民生日艱。然而由於國家並未真正統一，四野盜賊蠭起，八方軍閥割據，人民根本無以休養生息。朝廷輒因軍國多需，於正常稅收之外，課以雜稅，誅求無厭。雜稅名目繁多，其要者如鹽稅、酒稅、茶稅、青苗錢、率貸錢、間架稅、除陌錢等，皆為安史亂前所無。其時戶口之銳減與民生之困苦，觀元結〈舂陵行〉與序文可見一斑。序云：

> 道州舊四萬餘戶，經賊已來，不滿四千，大半不勝賦稅。到官未五十日，承諸使徵求符牒二百餘封，皆曰：「失其限者，罪至貶削。」

而其境人民之苦況則如詩中之敘述：

> 軍國多所需，切責在有司。……州小經亂亡，遺人實困疲。大鄉無十家，大族命單羸。朝餐是草根，暮食仍木皮。出言氣欲絕，意速行步遲。……欲令鬻兒女，言發恐亂隨。悉使索其家，而又無生資。（《全唐詩》卷二四一）

此詩作於代宗廣德二年（七六四），正是天寶之亂結束的第二年，亂前「種桑百餘樹，種黍三十畝。衣食既有餘，時時會親友。」（劉長卿〈田家雜興八首之八〉）的富足祥和景況已一往不復了。

德宗建中元年（七八○），楊炎為門下侍郎同中書門下平章事，建議行兩稅法，企圖挽救因均田制與租庸調制破敗後的經濟。其法之徵稅對象不以丁為主，而以戶為主，每戶納稅之多寡以貧富為準，分夏秋兩次輸納，一律徵錢，除兩稅外，各種稅目一概取消。兩稅法行於當時「版籍浸壞，多非其實」之後，租庸調法既已滯礙難行，此法實為適宜於當日時勢要求之良策。然而，由於其原則為「量出以制入」，惟顧朝廷之需用，而未慮及人民納稅之能力，且各州稅率不一，朝廷又未信守兩稅之外，不再收取其它稅目之規定，致使雜稅依舊繁

多，民生依然困　如故。元稹〈中書省議賦稅及鑄錢等狀〉：

> 應徵兩稅，起元和十六年，已後並配端匹斤兩之物，……至
> 於榷酒利錢，雖則名目不同，其實出於百姓。今天下十分州
> 府，九分是隨兩稅均配，其中一分置店沽酒，蓋是分外誅求。
> （《全唐文》卷六五一）

此亦說明了各州在兩稅之外的非法徵斂。

　　時代動盪如斯，社會紛亂若此，其時之知識分子身處其境，在
怵目驚心卻無能爲力之餘，往往將滿腔的憤慨不平鳴諸筆端。重視文
學之社會使命與功用的「元白」派詩人固毋庸多言，即使一般認爲「偏
於講求文學之藝術技巧與價值」（李日剛《中國詩歌流變史》冊上頁
三六三）、「追求各自心目中的得以擺脫和逃避現實的痛苦與煩惱的理
想境界」（馬承五〈中唐苦吟詩人綜論〉，《文學遺產》一九八八年第
二期頁八三）。的「韓孟詩派」詩人，亦多有爲生民鳴不平的作品。
如孟郊〈寒地百姓吟〉：

> 無火炙地眠，半夜皆立號。冷箭何處來，棘針風騷勞。霜吹
> 破四壁，苦痛不可逃。（《孟東野詩集》卷三）

韓愈〈赴江陵途中寄贈三學士〉：

> 傳聞閭里間，赤子棄渠溝。持男易斗粟，掉臂莫肯酬。我時
> 出衢路，餓者何其稠。親逢道邊死，佇立久咿嚘。（《集釋》卷
> 三）

劉叉〈雪車〉：

> 閶闔餓民凍欲死，死中猶被豺狼食。……官家不知民餒寒，
> 盡驅牛車盈道載屑玉。載載欲何之？祕藏深宮以禦炎酷。徒
> 能自衛九重間，豈信車轍血，點點盡是農夫哭。刀兵殘喪後，
> 滿野誰爲載白骨。……天子端然少旁求，股肱耳目皆姦
> 慝。……相群相黨上下爲蠹賊，廟堂食祿不自慚。我爲斯民
> 歎息還歎息！（《全唐詩》卷三九五）

馬異〈貞元旱歲〉：

> 赤地炎都寸草無，百川水沸煮蟲魚。定應燋爛無人救，淚落

三篇古尚書。(《全唐詩》卷三六九)

李賀〈老夫採玉歌〉：

> 採玉採玉須水碧，琢作步搖徒好色。老夫飢寒龍爲愁，藍溪
> 水厭無清白。夜雨岡頭食蓁子，杜鵑口血老夫淚。藍溪之水
> 厭生人，身死千年恨溪水。斜山柏風雨如嘯，泉腳挂繩青嫋
> 嫋。村寒白屋念嬌嬰，古臺石磴懸腸草。(《李長吉歌詩彙解》
> 卷二)

觀諸以上詩作，可知「韓孟詩派」詩人在詩歌創作上，固然較著重於
藝術之表現技巧，但既生長在動亂的時代中，日日耳聞目睹著眾多悲
慘的事實，詩人「心氣之僞」乃見於篇章，其音激切，既爲一己也爲
生民鳴出不平之聲。

第二節　風氣轉變之會

　　元和時人李肇，嘗於所著《國史補》卷下，舉文筆、歌行、詩
章三者，以概括元和時代的風貌說：「元和之風尚怪」。究其實，元和
風氣之尚怪奇實不限於文筆、歌行與詩章，此種風氣亦非朝夕形成，
其所由來者漸矣，不過卻是在元和時代集中表現出來，而普遍瀰漫於
當時整個社會中。

　　由上節關於中唐政經情勢之敘述裡，可知在中唐貞元、元和時
期裡，因長期籠罩於強藩及外敵之割據寇擾，與宦官和外廷的專權傾
軋之中，以致造成民生塗炭，而人人自危。其時因爲對於未來的不確
定與不安全感，所以朝野之間普遍瀰漫著神仙怪誕的風氣。如《舊唐
書・李泌傳》：

> 德宗初繼位，尤惡卜祝、怪譚之士。及建中末，寇戎內梗，
> 桑道茂有城奉天之說，上稍以時日禁忌爲意。而雅聞泌長於
> 鬼道，故自外征還。

《舊唐書》中另載有李絳與皇帝對答之語，帝曰：「卜筮之事，習者
罕精，或中或否。近日風俗，尤更崇尚。」李絳則答云：「近者，風

俗近巫。」另外，元和時期轟動朝野的武元衡遇刺一案，更可見出其時朝野人人自危之心理，與巫怪之風盛行的情形。《舊唐書・武元衡傳》：

> 初，八年，元衡自蜀再輔政。時太白犯上相，歷執法。占者言：「今之三相皆不利，始輕末重。」月餘李絳以足疾免。明年十月，李吉甫以暴疾卒。至是，元衡爲盜所害，年五十八。始元衡與吉甫齊年，又同日爲相。及出鎮，分領揚、益。及吉甫再入，元衡亦還。吉甫先一年以元衡生月卒。元衡後一年以吉甫生月卒。吉凶之數，若符會焉。先是長安謠曰：「打麥麥打三三三。」既而旋其袖曰：「舞了也。」解者曰：「打麥者打麥時也；麥打者，蓋暗中衡突也；三三三者，謂六月三日也；舞了也，謂武元衡之卒也。」自是京師大恐。

動盪時代中，此種對於未來之不確定與不安全的心理，除了表現在對卜筮巫怪之風的迷信、流行外，也表現在其時士民的一些違反常態的行爲舉止上，譬如白居易作於元和年間的〈時世妝〉：

> 時世妝，時世妝，出自城中傳四方。時世流行無遠近，腮不施朱面無粉。烏膏注唇唇似泥，雙眉畫作八字低。妍蚩黑白失本態，妝成盡似含悲啼。圓鬟無鬢堆髻樣，斜紅不暈赭面狀。昔聞被髮伊川中，辛有見之知有戎。元和妝梳君記取，髻堆面赭非華風。（《白居易集》卷四）

詩中提及之「堆髻」爲北狄裝束，赭面則爲吐蕃習俗，白氏以其非華風，故而頗有微詞。不過白居易此種觀念，實爲安史亂後，士人夷夏觀念轉嚴使然。一般庶人，甚或追求時尚的貴族仕女，則不一定有如白氏強烈的華夷之辨的觀念。而爲爭求時勢，則更不惜崇新尚異，競爲驚世駭俗、大失本態之妝扮，其風遂流行於四地。

在學術方面，則唐代自太宗詔孔穎達撰定《五經正義》刊行之後，使經籍無異文、經義無異說，成爲經學之大一統時代。然而，《新唐書》卷二〇〇〈儒學下〉云：

> 大歷時，（啖）助、（趙）匡、（陸）質以春秋；施士丏以詩；

> 仲子陵、袁彝、韋彤、韋茝以禮；蔡廣成以易；強蒙以論語，
> 皆自名其學。

另有〈贊〉說：

> 啖助在唐，名治春秋，摭訕三家，不本所承。自用名學，憑
> 私臆決，尊之曰孔子意也，趙、陸從而唱之，遂顯於時。

近人馬宗霍則更予以詳論：

> 《唐語林》又載劉禹錫與柳八、韓七詣施氏聽毛詩，說毛
> 傳之失及毛鄭不注數事，頗近穿鑿。……諸治春秋者，大
> 抵顓門名家，尊傳過于尊經，苟有不通，寧言經誤。啖、
> 趙、陸氏則援經擊傳，自謂契于聖人之旨，故其書一出，
> 好異者驚之，柳宗元至以得執弟子禮於陸氏為榮。同時盧
> 仝撰春秋摘微，解經亦不用傳，故韓愈贈仝詩有「春秋三
> 傳束高閣，獨抱遺經究終始」之句。成伯璵撰毛詩指說，
> 述作詩大旨及師承次序，以詩眾篇之小序，子夏惟裁初句，
> 其餘為毛公所續，亦春秋、毛詩之新派也。嗣是李翱易詮，
> 論八卦之性，陸希聲易傳，削去爻象，高重春秋經傳要略，
> 分諸國各為書，陳岳春秋折衷論，以三傳異同三百餘條，
> 參求其長，以通春秋之義，竝以己意說經。……蓋自大歷
> 而後，經學新說日昌，初則難疏，繼則難注，既則難傳，
> 於是離傳言經。所謂猶之楚而北行，馬雖疾而去愈遠矣。(《中
> 國經學史》頁一○三至一○五)

馬氏之文，原意在說明中唐經學之新說日盛，說經者並以己意說經，
多不守舊說，因此頗傷於穿鑿附會。然而，文中尚可留意者，則為當
時人之好異精神。如當時詩人劉禹錫、柳宗元，與以鬥奇爭險聞名的
「韓孟詩派」詩人韓愈、盧仝輩，這些詩人們或者往聽學者之新說而
喜，或者索性自己擅為臆說而行，足見此種崇新尚異的時代風習，不
只感染及治經之學者，而且也瀰漫至一些文人當中。

　　李澤厚氏嘗謂中唐「不像盛唐之音那麼雄豪剛健、光芒耀眼，
卻更為五顏六色，多彩多姿。各種風格、思想、情感、流派競顯神通，
齊頭並進。所以，真正展開文藝的燦爛圖景，普遍達到詩、書、畫各

藝術部門高度成就的，並不是盛唐，而毋寧是中晚唐。」（《美的歷程》頁一四九）其時詩、書、畫所獲得的高度成就，實多與藝術思想之新變有關。其中關於書藝者，如蘇軾曾說：

> 君子之於學，百工之於技，自三代歷漢至唐而備矣。故詩至於杜子美，文至於韓退之，書至於顏魯公，畫至於吳道子。而古今之變，天下之能事畢矣。（蘇軾〈書吳道子畫後〉，《蘇東坡全集》前集卷二十四）。

唐代的書法藝術，初期處於二王父子（王羲之、王獻之）的巔峰籠罩之下。雖然歐陽詢、虞世南、褚遂良、薛稷四大書家書藝求變之趨向已有萌發，如褚氏從結構上改，薛氏由筆畫上變，但皆未能正式形成一新變之情勢。因此，唐代中葉，二王書藝可謂已形成一統天下之局面。其時書家大多「述而不作」，沈湎故紙，專事摹抄，書藝難以再發展，而面臨著必變之趨勢。〔註7〕

　　顏眞卿歷開、天盛世，大曆以後，認爲書若欲求活法，應於二王法外求法，因此「顏體」在筆法、結構、布局和墨法各方面，皆有創新。其風格可以「剛勁蒼健」、「質樸豪邁」概括，不同於「南派」二王、虞、褚的「輕盈秀麗」、「高華秀潤」，卒能以其書法創變名世，〔註8〕使書法藝術在唐代中期有一番新的局面。然而，李煜卻批評：

> 眞卿得右軍之筋而失於粗魯。〔註9〕

米芾亦貶稱：

> 自以挑踢名家，作用太多，無平淡天成之趣，大抵顏柳挑踢，爲後世醜怪惡札之祖，從此古法蕩無遺矣。〔註10〕

〔註7〕陳雲君《中國書法史論》頁 134 至 163，人民日報出版社，1987年。

〔註8〕金開誠〈顏眞卿的書法〉，《文物月刊》，1977 年第十期頁 82、83。

〔註9〕轉引自鍾明善《中國書法簡史》頁 77，河北美術出版社，1983年。

〔註10〕轉引自陳雲君《中國書法史論》頁 153，人民日報出版社，1987年。

康有爲則在極稱「隋碑第一」的「龍藏寺碑」時說：

> 虞、褚、薛、陸傳其遺法，唐世惟有此耳。中唐以後，斯派
> 漸泯，後世遂無嗣音者，此則顏、柳醜惡之風敗之歟！（《廣
> 藝舟雙輯・取隋第十一》）

所謂「粗魯」、「無平淡天成之趣」、「醜怪」、「醜惡」之譏評，如覽顏
書「大字麻姑仙壇記」，一改前期規矩方整之體制，而別具骨相嶙峋、
姿態奇崛之境界，可知實指「顏體」中尚險怪之傾向。〔註11〕這種作
法雖然不爲後代尚二王之「古法」者所認同，但是杜甫有「書貴瘦硬
方通神」之論，（〈李潮八分小篆歌〉，楊倫《杜詩鏡銓》卷十五）。韓
愈也有「羲之俗書趁姿媚」的批評，（〈石鼓歌〉，《集釋》卷七）。可
知實已被當時士人所接受。而且，在顏眞卿前後，書畫藝術之尚怪奇
者，爲數甚夥，並不僅止於顏氏一人。書藝如張旭的「奇怪百出」、
裴休的「奇絕」，（分見《宣和書譜》卷十八、卷九）。懷素的「狂」、
柳宗元的「奇峭」、鄔彤的「奇怪」、任濤的「險勁」，等等，（皆見《書
史會要》卷五）實皆爲帶有奇峭險怪之藝術風格者。〔註12〕

而在詩歌藝術方面，中唐的白居易即曾有「詩到元和體變新」
的批評。（〈餘思未盡加爲六韻重寄微之〉，《白居易集》卷二三）。明
人許學夷《詩源辯體》卷二四曾說：

> 大曆以後，五七言古、律之詩流於委靡。元和間，韓愈、孟
> 郊、賈島、李賀、盧仝、劉叉、張籍、王建、白居易、元稹
> 諸公群起而力振之，惡同喜異，其派各出，而唐人古、律之
> 詩至此而大變矣。〔註13〕

所謂「惡同喜異」，實道出元和詩風之特質，即求變，然而，此種詩
風之「大變」，卻也非一蹴而就，而是有其思想之前承。

早在中唐兩大詩派的重要人物孟郊青年時代，韓愈與元稹、白

〔註11〕孟二冬〈韓孟詩派的創新意識及其與中唐文化趨向的關係〉，《中
國社會科學》，1989 年第六期頁 165。

〔註12〕同上注。

〔註13〕轉引自《古典文學三百題》頁 251，上海古籍出版社，1987 年。

居易年歲猶稚之時，孟郊的湖州同鄉前輩釋皎然，即曾於湖州創立「湖州詩會」，與吳中詩人顧況、秦系、靈澈、朱放、陸羽、張志和諸人，經常往還，皎然並著有《詩式》五卷，於書中表述其詩歌創作主張。

　　皎然，俗姓謝，字清晝，湖州人，爲謝靈運十世孫。雖爲僧人，卻好奇尙異，不避妓樂，自號「號呶子」、「謫仙儔」。大歷八至十二年，顏眞卿刺湖州時，曾回到家鄉，成爲吳中地區文化活動之核心人物，促成所謂「吳中詩派」活動的首次盛況。〔註14〕貞元五年左右結束遊訪後，居於湖州杼山，完成了《詩式》五卷的寫作，並造成「吳中詩派」活動的第二次盛況，所爲《詩式》一書，對寓居江南之詩人頗有影響。〔註15〕

　　孟郊與皎然誼屬同鄉，在大歷中與貞元中，即「吳中詩派」活動的兩次顚峰時期，孟郊都曾在吳地居留，並由湖州鄉貢。（貞元七年，四十一歲）。《孟東野集》中，如〈答晝上人止讒作〉、〈同晝上人送郭秀才江南尋兄弟〉（卷七），皆爲與皎然唱酬之作。皎然謝世後，元和三年，詩人五十八歲時，猶作有〈送陸暢歸湖州因憑題故人皎然塔陸羽墳〉一詩，詩中說：

> 渺渺雪寺前，白蘋多清風。昔游詩會滿，今游詩會空。孤詠玉淒惻，遠思景蒙籠。杼山磚塔禪，竟陵廣宵翁。遠彼草木聲，髣髴聞餘聰。（卷八）

回憶年靑時參與詩會之活動，不勝物是人非之感。另〈逢江南故晝上人會中鄭方回〉一首，原注有：「上人往年手札五十篇相贈，云以爲它日之念。」詩云：

> 追思東林日，掩抑北邙淚。筐篋有遺文，江山舊清氣。塵生逍遙注，墨故飛動字。……永謝平生言，知音豈容易。（卷十）

〔註14〕唐代文學史中未有「吳中詩派」一稱，本文取從趙昌平〈「吳中詩派」與中唐詩歌〉一文之說。該派成員有七，即皎然、顧況、秦系、靈澈、朱放、陸羽與張志和諸人。

〔註15〕趙昌平〈「吳中詩派」與中唐詩歌〉，《文學探討擷英》冊上頁235陝西人民出版社，1988年。

不僅感懷皎然以手札相贈之知遇，並以「知音」相許，則年青時參與皎然的詩會活動，對日後孟郊詩歌思想之影響是不言可喻的。

皎然的詩歌思想，觀其《詩式》中，論「李少卿並古詩十九首」說：

> 西漢之初，王澤未竭，詩教在焉。(許清雲《皎然詩式輯校新編》卷二)

另如於〈五言答蘇州韋應物郎中〉一詩中，慨歎當時的詩風說：

> 詩教殆淪缺，庸音互相傾。忽觀風騷韻，會我夙昔情。(《皎然集》卷一)

又〈雜言戲贈吳憑〉一詩說：

> 予讀古人書，遂識古人面。不是識古人，雅心何由見？(《皎然集》卷二)

其中倡言詩教、推崇雅正與追慕古人的主張甚為明顯。然而，皎然除了此種帶有儒家色彩的文學思想之外，在《詩式》一書中，另有些主張則與中唐崇新尚奇的時代風潮頗為一致。如說：

> 作者須知復變之道。反古曰復，不滯曰變，若惟復不變，則陷於相似之格，其狀如駑驥同廄，非造父不能辨。能和復變之手，亦詩人之造父也。……又復變二門，復忌太過，詩人呼為膏肓之疾，安可治也。……夫變若造微，不忌太過，苟不失正，亦何咎哉！(《詩式輯校新編》卷二)

又說：

> 或曰：詩不要苦思，苦思則喪於天真。此甚不然。固須繹慮於險中，採奇於象外，狀飛動之句，寫冥奧之思。〔註16〕放意須險，定句須難。雖取由我衷，而得若神表。(《詩式輯校新編》卷三)

〔註16〕此段引自遍照金剛《文鏡秘府論》南卷。許清雲氏《皎然詩式輯校新編》作：「又云：不要苦思，苦思則喪自然之質。此亦不然。夫不入虎穴，焉得虎子？取境之時，須至難至險，始見奇句。」(卷二)

　　至險而不僻，至奇而不差。（同上）

主張「變若造微，不忌太過。」講求「苦思」、「繹慮於險中、採奇於
象外」與「至險、至奇」，此種詩歌創作主張雖非有意為「奇險」之
論，〔註17〕卻已導韓孟奇險詩派之先路。

　　在實際創作上，皎然與詩會中的一些詩人，亦頗萌露出崇怪尚
奇之傾向。如《皎然集》卷七〈夏銅碗龍吟歌〉一詩，其序文中謂房
琯曾於終南山聞深淵龍吟一事，已帶有傳奇色彩，在詩作中，則藉著
句法上的摻以大量拙句，從而構成古樸淵深中見光怪陸離之意境，頗
近於韓愈奇險名篇〈石鼓歌〉與〈聽穎師彈琴〉。雖然「湖州詩會」
的成員除皎然外，餘人作品大多散佚，但觀顧況〈苔蘚山歌〉，以奇
想、險語描述一座假山至騰龍游蛇、石破天驚之境，亦可見其對於恢
怪想像之追求。另皇甫湜〈唐故著作左郎顧況集序〉一文，曾稱況「穿
天心，出月脅，意外驚人語，非尋常所能及。」（《全唐文》卷六八六）
而皎然在〈答權從事德輿書〉中，論靈澈之詩亦獨標「挺拔瓌奇」四
字（《全唐文》卷九一七），此皆說明在「韓孟詩派」詩人大放異彩於
中唐詩壇之前的建中、貞元年間，孟郊的故鄉吳中地區曾有一批詩
人，已在詩歌創作中不經意的表現出奇險恢怪的風味。

　　至於年青時曾參與皎然詩會活動的孟郊，其詩歌創作主張，由
其作於貞元六年（七九○）僑寓蘇州，應試長安之前的〈贈蘇州韋郎
中使君〉一詩可知梗概：

　　　謝客吟一聲，霜落群聽清。文含元氣柔，鼓動萬物輕。嘉木
　　　依性植，曲枝亦不生。塵埃徐庾詞，金玉曹劉名。章句作雅
　　　正，江山益鮮明。蘋萍一浪草，菰蒲片池榮。曾是康樂詠，
　　　如今搴其英。顧惟菲薄質，亦願將此並。（《孟東野詩集》卷六）

―――――――――――――

〔註17〕由於皎然在《詩式》中，也曾說「以虛誕而為高古，……以詭怪
　　　而為新奇」者，為詩之「六迷」。又於「詩有七至」中，主張至險
　　　至奇而「不僻」、「不差」，（許清雲《皎然詩式輯校新編》卷三）
　　　故其《詩式》中有些貌似「奇險」的說法，應非自覺有意之論。

詩中諸語雖爲稱許韋應物之詩而發，卻也反映出孟郊對詩歌創作的理
解和批評。詩人提出「雅正」二字作爲詩歌創作之準繩，並舉謝靈運
詩直接建安以降的詩歌傳統，此實爲孟郊在詩歌創作上，所企圖追求
和取法的方向，故詩末明言其態度說：「顧惟菲薄質，亦願將此並。」
而韓愈在〈孟生詩〉中，曾說：「孟生江海士，古貌又古心。嘗讀古
人書，謂言古猶今。作詩三百首，窅默咸池音。」（《韓昌黎詩繫年集
釋》卷一）孟郊此種重視「雅正」的主張，與其「好古」的態度實爲
一體。在《孟東野集》中屢次出現「雅正」、「好古」的論調，如：

> 知君方少年，少年懷古風。藏書挂屋脊，不借與凡聲。我願
> 拜少年，師之學崇崇。（卷二〈勸善吟〉）

> 忍古不失古，失古志易摧。……古骨無濁肉，古衣如蘚苔。
> 勸君勉忍古，忍古銷塵埃。（卷四〈秋懷十五首之十四〉）

又如：

> 絃貞五條音，松直百尺心。貞絃含古風，直松凌高岑。浮聲
> 與狂葩，胡爲欲相侵。（卷二〈遣興〉）

> 天寶太白歿，六義已消歇。大哉國風本，喪而王澤竭，先生
> 今復生，斯文信難缺。下筆證興亡，陳詞備風骨。（卷九〈讀
> 張碧集〉）

〈讀張碧集〉一詩，藉著推許張碧詩作，表達了自己好古之思，並推
本國風六義，以風骨爲高。而在〈答姚怤見寄〉詩中，則感慨「大雅
難具陳，正聲易漂淪。」（卷七）此種以崇古爲理想，追求雅音正聲，
與上述皎然〈雜言戲贈吳憑〉詩：「予讀古人書，遂識古人面。不是
識古人，雅心何由見？」的慕古尚雅情懷實如出一轍。

　　然而，一心好古並追求「雅正」的詩人，儘管爲詩時多取古風
形式，如今傳《孟東野集》中，凡詩五百餘首，大多屬五古作品，七
言則僅有二十六首，其中不見近體律詩。但是詩人畢竟在詩歌的思想
內容與表現技巧方面，在中唐先行踏出了一條「奇險」的羊腸小徑，
其實際創作與內心所企慕者，似乎不盡相合。個中緣由，若據孟郊〈送

任齊二秀才自洞庭遊宣城〉一詩之序文所說，以為詩文的創作，其音雅正與否，皆由於作者之「心氣」，而「心氣」之發，並不全因作者，實由於作者所處時代、所遭際遇的緣故。則若能再參考孟郊的生平經歷，其「奇險」詩風的呈現，應泰半是緣於整個時代與個人際遇的關係，並不是詩人「為文而造情」的有意造作，此與韓愈一眼覷定奇險處，「欲從此闢山開道，自成一家」的創作態度，固不能相提並論。下文將試就孟郊的生平際遇及其精神風貌，探討孟郊奇險詩風之所由形成。

第三章　孟郊奇險詩風之形成原因

第一節　轗軻的際遇

　　孟郊爲湖州武康人（今浙江武康縣），據韓愈〈貞曜先生墓志銘〉
之說，孟郊出生於其父任蘇州崑山縣尉之時，其先世並非豪門世族。
孟郊童年生活，無得詳知，韓愈志其墓亦僅云：

　　　　父庭玢，……生先生及二季酆、郢而卒。先生生六、七年，
　　　　端序則見，長而愈騫，涵而揉之，内外完好，色夷氣清，可
　　　　畏而親。（馬其昶《韓昌黎文集》卷六）

所言雖簡短，不過由其中卻可知孟郊年少時即喪父，而且身爲家中之
長子，或許因爲此一童年之境遇，使成人後的孟郊成爲一個嚴肅不苟
的年青人。

　　目前能考定詩人之行蹤及其詩歌創作年月者，爲德宗建中元年
（七○八），詩人三十歲之後〔註1〕。據作於其年的〈歎命詩〉說：

　　　　三十年來命，唯藏一卦中。題詩還問易，問易蒙復蒙。本望
　　　　文字達，今因文字窮。（《孟東野詩集》卷三）

可知在詩人事跡無考的前半生中，生活似乎亦不是很適意。然而，三

────────────

〔註 1〕詩歌繫年據華忱之《孟東野詩集・孟郊年譜》，人民文學出版社，1984
　　　年。

十歲之後，詩人事跡可考者，卻是血淚斑斑，真可謂歷盡人世難堪之境。

嚴羽嘗云：

孟郊之詩，憔悴枯槁，其氣局促不伸。（《滄浪詩話・詩評》）

檢閱東野集，其言大致不差。如孟郊〈老恨〉：

無子抄文字，老吟多飄零。有時吐向床，枕席不解聽。（卷三）

又其〈秋懷十五首〉之一：

孤骨夜難臥，吟蟲相唧唧。老泣無涕洟，秋露為滴瀝。（卷四）

之二：

秋月顏色冰，老客志氣單。冷露滴夢破，峭風梳骨寒。

諸如此類篇什，文字之中瀰漫著一片灰暗絕望的死寂氛圍，慘淡寒削太甚，讀來的確令人不歡。然而讀孟郊〈春日有感〉詩：

雨滴草芽出，一日長一日。風吹柳線垂，一枝連一枝。獨有愁人顏，經春如等閒。且持酒滿杯，狂歌狂笑來。（卷二）

境遇雖蹇困，詩人尚能苦中作樂，意緒狂放。又其〈弔盧殷十首〉之七：

初識漆鬢髮，爭為新文章。夜踏明月橋，店飲吾曹床。醉啜二盃釀，名郁一縣香。寺中摘梅花，園裏藌浮芳。高嗜綠蔬羹，意輕肥膩羊。吟哦無滓韻，言語多古腸。（卷十）

〈弔盧殷〉一詩為詩人六十歲時，追憶少時與盧殷等友人馳騁詩酒，遊宴歡樂之情景，此可以想見詩人年青時之氣概頗為豪邁，日後詩作中的「其氣局促不伸」，泰半因後天境遇太過坎坷有以致之。

據華忱之《孟郊年譜》，在貞元八年應試進士前，《孟東野集》中年代明確可考之詩作有建中元年的〈往河陽宿峽陵寄李侍御〉（卷六），建中二年的〈上河陽李大夫〉（卷六），建中三年的〈殺氣不在邊〉（卷一）、〈感懷〉（卷三），貞元元年的〈題陸鴻漸上饒新開山舍〉（卷五）、〈贈轉運陸中丞〉（卷六），貞元二年的〈上包祭酒〉（卷六），貞元六年的〈贈蘇州韋郎中使君〉（卷六）、〈春日同韋郎中使君送鄒

儒立少府扶侍赴雲陽〉（卷八）、〈蘇州崑山慧聚寺僧房〉（卷五）、〈題韋承總吳王故城下幽居〉（卷五）、〈山中送從叔簡赴舉〉（卷七）、〈贈萬年陸郎中〉（卷六），貞元七年的〈湖州取解述情〉（卷三）、〈舟中喜遇從叔簡別後寄上時從叔初擢第歸江南郊不從行〉（卷七）、〈遊終南龍池寺〉（卷四）、〈登華嚴寺樓望終南山贈林校書兄弟〉（卷四）、〈題林校書華嚴寺書窗〉（卷五），等等，多為紀贈應酬之作，間或抒憫時念亂之懷，卻不悲苦。〈往河陽宿峽陵寄李侍御〉一詩寫景雖荒涼，但末言：「人生窮達感知己，明日投君申片言。」辭意並不衰颯，前六句景色之枯寂，應為盤旋蓄勢，使末句得以振起。其它諸詩，辭意亦多平和，甚或有壯懷慷慨，欲戮力國讎者。〔註2〕

〔註2〕　〈往河陽宿峽陵寄李侍御〉：「暮天寒風悲屑屑，啼烏遠樹泉水喧。行路解鞍投古陵，蒼蒼隔山見微月。鴉鳴犬吠霜煙昏，開囊拂巾對盤飧。人生窮達感知己，明日投君申片言。」
〈上河陽李大夫〉：「上將秉神略，至兵無猛威。三軍當嚴冬，一撫勝重衣。霜劍奪眾景，夜星失長輝。蒼鷹獨立時，惡鳥不敢飛。武牢鑷天關，河橋紐地機。大軍奕以安，守此稱者稀。貧士少顏色，貴門多輕肥。試登山岳高，方見草木微。山岳恩既廣，草木心皆歸。」
〈殺氣不在邊〉：「殺氣不在邊，凜然中國秋。道險不在山，平地有摧輈。河南又起兵，清濁俱鎖流。豈唯私客艱，擁滯官行舟。況余隔晨昏，去家成阻修。忽然兩鬢雪，固是一日愁。獨寢夜難曉，起視星漢浮。涼風蕩天地，日夕聲飀飀。萬物無少色，兆人皆老憂。長策苟未立，丈夫誠可羞。靈響復何事，劍鳴思戮讎。」
〈感懷〉：「孟冬陰氣交，兩河正屯兵。煙塵相馳突，烽火日夜驚。太行險阻高，輓粟輸連營。奈何操弧者，不使梟巢傾。猶聞漢北兒，怙亂謀縱橫。擅搖干戈柄，呼叫豺狼聲。白日臨爾軀，胡為喪丹誠。豈無感激士，以致天下平。登高望寒原，黃雲鬱崢嶸。坐馳悲風暮，歎息空沾纓。」
〈題陸鴻漸上饒新開山舍〉：「驚彼武陵狀，移歸此巖邊。開亭擬貯雲，鑿石先得泉。嘯竹引清吹，吟花成新篇。乃知高潔情，擺落區中緣。」
〈贈轉運陸中丞〉：「掌運職既大，摧邪名更雄。鵬飛簸曲雲，鶚怒生直風。投彼霜雪令，剪除荊棘叢。楚倉傾向西，吳米發自東。帆影咽河口，車聲轟轟關中。堯知才策高，人喜道路通。皆驚內史力，繼得鄭侯功。萊子貧為少，相如未免窮。衣花野菡萏，書葉

山梧桐。不是宗匠心，誰憐久栖蓬。」

〈上包祭酒〉：「岳岳冠蓋彥，英英文字雄。瓊音獨聽時，塵韻固不同。春雲生紙上，秋濤起胸中。時吟五君詠，再舉七子風。何幸松桂侶，見知勤苦功。願將黃鶴翅，一借飛雲空。」

〈贈蘇州韋郎中使君〉：「謝客吟一聲，霜落群聽清。文含元氣柔，鼓動萬物輕。嘉木依性植，曲枝亦不生。塵埃徐庾詞，金玉曹劉名。章句作雅正，江山益鮮明。蘋萍一浪草，菰蒲片池榮。曾是康樂詠，如今寒其英。顧惟菲薄質，亦願將此並。」

〈春日同韋郎中使君送鄖儒立少府扶侍赴雲陽〉：「離思著百草，縣縣生無窮。側聞畿甸秀，三振詞策雄。太守不韻俗，諸生皆變風。郡齋敞西清，楚瑟驚南鴻。海畔帝城望，雲陽天色中。酒酣正芳景，詩綴新碧叢。服絲老萊並，侍車江革同。過隋柳鮟頷，入洛花蒙籠。高步詎留足，前程在層空。獨愍病鶴羽，飛送力難崇。」

〈蘇州崑山慧聚寺僧房〉：「昨日到上方，片雲掛石牀。錫杖莓苔青，袈裟松柏香。晴磬無短韻，古燈含永光。有時乞鶴歸，還訪逍遙場。」

〈題韋承總吳王故城下幽居〉：「才飽身自貴，巷荒門豈貧。韋生堪繼相，孟子願依鄰。夜思琴語切，晝情茶味新。霜枝留過鵲，風竹掃蒙塵。鄖唱一聲發，吳花千片春。對君何所得，歸去覺情真。」

〈山中送從叔簡赴舉〉：「石根百尺杉，山眼一片泉。倚之道氣高，飲之詩思鮮。於此逍遙場，忽奏別離絃。卻笑薛蘿子，不同鳴躍年。」

〈贈萬年陸郎中〉：「天子憂劇縣，寄深華省郎。紛紛風響珮，蟄蟄劍開霜。舊事笑堆案，新聲唯雅章。誰言百里才，終作橫天梁。江鴻恥承眷，雲津求能翔。徘徊塵俗中，短翹無輝光。」

〈湖州取解述情〉：「雲水徒清深，照影不照心。白鶴未輕舉，眾鳥爭浮沈。因茲掛帆去，遂作歸山吟。」

〈舟中喜遇從叔簡別後寄上時從叔初擢第歸江南郊不從行〉：「一意兩片雲，暫合還卻分。南雲乘慶歸，北雲與誰群。寄聲千里風，相喚聞不聞。」

〈遊終南龍池寺〉：「飛鳥不到處，僧房終南巔。龍在水長碧，雨開山更鮮。步出白日上，坐依清溪邊。地寒松桂短，石險道路偏。晚磬送歸客，數聲落遙天。」

〈登華嚴寺樓望終南山贈林校書兄弟〉：「地脊亞為崖，聳出冥冥中。樓根插迥雲，殿翼翔危空。前山胎元氣，靈異生不窮。勢吞萬象高，秀奪五岳雄。一望俗慮醒，再登仙願崇。青蓮三居士，晝景真賞同。」

〈題林校書華嚴寺書窗〉：「隱詠不誇俗，問禪徒淨居。翻將白雲字，寄向青蓮書。擬古投松坐，就明開紙疏。昭昭南山景，獨與心相如。」

　　德宗貞元八年，詩人四十二歲，初試進士，朋儕李觀、韓愈皆登第，而孟郊則下第，觀是年詩作，如云：

　　　　萬物皆及時，獨余不覺春。失名誰肯訪，得意爭相親。（卷一
　　　　〈長安羈旅行〉）

　　　　獨有失意人，恍然無力行。（卷二〈感興〉）

　　　　夜學曉不休，苦吟神鬼愁。如何不自閑，心與身爲讎。死辱
　　　　片時痛，生辱長年羞。（卷三〈夜感自遣〉）

　　　　共照日月影，獨爲愁思人。……棄置復何道，楚情吟白蘋。
　　　　（卷三〈下第東歸留別長安知己〉）

　　　　豈獨科斗死，所嗟文字捐。……未遂擺鱗志，空思吹浪旋。
　　　　（卷三〈夜憂〉）

　　　　盡說青雲路，有足皆可至。我馬亦四蹄，出門似無地。玉京
　　　　十二樓，峨峨倚青翠。下有千朱門，何門薦孤士。（卷三〈長
　　　　安旅情〉）

　　　　離婁豈不明，子野豈不聰。至寶非眼別，至音非耳通。（卷三
　　　　〈失意歸吳因寄東臺劉復侍御〉）

　　　　昔爲同恨客，今爲獨笑人。捨予在泥轍，飄跡上雲津。臥木
　　　　易成蠹，棄花難再春。何言對芳景，愁望極蕭晨。埋劍誰識
　　　　氣，匣絃日生塵。（卷六〈贈李觀〉）

凡此種種，集中表現了詩人之失意自憐、牢騷無告、憤慨悲苦，字裡行間充滿了鬱抑不平之氣，較諸下第前之詩作，如〈殺氣不在邊〉、〈百憂〉（卷二）、〈感懷〉、〈上河陽李大夫〉，等等時見壯懷慷慨音調之作，「煩冤幽憤」之音實甚爲明顯。

　　及至詩人四十三歲再下第，其「懷才不遇」之傷、身世之感益爲強烈，心境也就更爲淒苦。觀其〈再下第詩〉：

　　　　一夕九起嗟，夢短不到家。兩度長安陌，空將淚見花。（卷三）

〈落第詩〉：

　　　　鷗鶂失勢病，鴛鶵假翼翔。棄置復棄置，情如刀刃傷。（卷三）

〈下第東南行〉：

失意容貌改，畏塗性命輕。（卷三）

〈贈崔純亮〉：

食薺腸亦苦，強歌聲無歡。出門即有礙，誰謂天地寬。（卷六）

諸詩所流露之情緒，可謂「哀」而甚「傷」，沈痛異常。而是年明確可考之詩什，如與韓愈所作之〈遠遊聯句〉、〈石淙十首〉（卷四）、〈京山行〉（卷六）、〈旅次湘沅有懷靈均〉（卷六）、〈鴉路溪行呈陸中丞〉（卷六），皆顯露出奇險之色彩。

德宗貞元十二年，詩人四十六歲，終於進士登第，觀是年所作〈登科後〉一詩：

昔日齷齪不足誇，今朝放蕩思無涯。春風得意馬蹄疾，一日看盡長安花。（卷三）

與〈同年春燕〉詩：

視聽改舊趣，物象含新姿。……永與沙泥別，各整雲漢儀。盛氣自中積，英名日西馳。……鬱抑忽已盡，親朋樂無涯。

（卷五）

詩人胸中多年陰鬱一掃而空之快適神態，宛在眼前。而〈擢第後東歸書懷獻坐主呂侍御〉：

天矯大空鱗，曾爲小泉蟄。……松蘿雖可居，青紫終當拾。

（卷六）

更是對未來充滿了歡欣的憧憬。詩中「蒹葭得波浪，芙蓉紅岸濕」與〈同年春燕〉：「紅雨花上滴，綠煙柳際垂」諸寫景之句，且頗涉綺麗。同年所作〈送別崔寅亮下第〉與〈送韓愈從軍〉亦詞意夷泰，不見垂喪之氣。及第後的詩人，於貞元十三、十四年寄寓汴州（河南開封），依好友陸長源，十五年春天往遊蘇州各地及越中山水。直至貞元十六年洛陽吏部詮選之前，除了〈夷門雪贈主人〉說：

酒聲歡閑入雪銷，雪聲激切悲枯朽。悲歡不同歸去來，萬里春風動江柳。（卷二）

與〈汴州別韓愈〉一詩說：

四時不在家，弊服斷線多。遠客獨顑頷，春英落婆娑。(卷八)

由於思歸而見衰颯之氣。另如〈亂離〉一詩：

哀哀陸大夫，正直神反欺。……怨恨馳我心，茫茫日何之。

(卷三)

與〈汴州離亂後憶韓愈李翶〉詩：

忠直血白刃，道路聲蒼黃。……人心既不類，天道亦反常。

(卷七)

此二詩則因好友陸長源爲亂軍所殺，故辭意明顯憤激悲切外，餘若依陸氏時所爲〈新卜青羅幽居奉獻陸大夫〉一首說：

黔妻住何處，仁邑無餒寒。豈誤舊羈旅，變爲新閑安。……
翳翳桑柘墟，紛紛田里歡。……此外有餘暇，鋤荒出幽蘭。

(卷五)

南遊時之〈春集越州皇甫秀才山亭〉：

視聽日澄澈，聲光坐連綿。晴湖瀉峰嶂，翠琅多萍蘚。(卷四)

〈越中山水〉詩：

日覺耳目勝，我來山水州。……永言終南色，去矣銷人憂。

(卷四)

皆不類赴舉及第前，或五十歲以後屢受挫折打擊下所爲之陰鬱灰黯，足見孟郊「寒」或「奇險」的詩歌風格，泰半由於前述後天境遇之迍厄蹇困而造成。

貞元十六年，孟郊五十歲，至洛陽應詮選，爲溧陽（江蘇溧陽）縣尉，令詩人大失所望。此事與郊原有之抱負太不相稱，韓愈〈送孟東野序〉：「東野之役於江南也，有若不釋然者。」(《韓昌黎文集》卷四) 孟郊〈溧陽秋霽〉亦云：

晚雨曉猶在，蕭寥激前階。星星滿衰鬢，耿耿入秋懷。舊識
半零落，前心驟相乖。飽泉亦恐醉，愓宦肅如齋。上客處華
池，下察宅枯崖。叩高占生物，齟齬回難諧。(卷九)

自傷遲暮，事與願違，辭意忿恚不平，足見其時詩人心情之抑鬱寡歡。

　　衰鬢冷宦，詩人終於在五十四歲辭官，其後轉寓於長安、洛陽，直至五十六歲李翱薦之於鄭餘慶，爲水陸轉運判官，試協律郎，方定居於洛陽立德坊。觀詩人〈立德新居十首〉（卷五），其時詩人心境因多年顛沛後的安定，較爲平和適意。然而二年後，詩人幼子夭喪，使孟郊在多年的流離失意後，再次受到嚴厲之打擊，韓愈〈孟東野失子〉詩序：

　　　　東野連產三子，不數日輒失之。幾老，念無後以悲。（《集釋》
　　　　卷六）

孟郊〈悼幼子〉：

　　　　負我十年恩，欠爾千行淚。（卷十）

〈杏殤九首〉之七：

　　　　失子老亦屏，且無生生力，自有死死顏。

之八：

　　　　窮老收碎心，永夜抱破懷。聲死更何言，意死不必喈。病叟
　　　　無子孫，獨立猶束柴。（卷十）

詩人暮年絕嗣，其心境幾陷絕望。然而，禍不單行，事母至孝的孟郊，又在五十九歲，即失子之次年喪母。晚年之變故接踵而至，愈使詩人志氣消沈。中唐之「韓孟詩派」詩人，雖出身皆寒微，境遇多窮愁窘迫、壈坎終身，然而其中之孟郊，實爲唐代詩人之中，境遇最悲苦，生活最爲潦倒者。

第二節　抱道不移而不能恬退安命

　　唐代重功利，士風浮薄，爲官者多通達權變，勇於進取，文士亦不甚重操守，往往爲求顯達，鑽營奔競，不擇手段，即使如韓愈者，當其不得意時，也曾屢次上書宰相，以求委用，措辭極卑，是以有唐一代能臣雖多，然欲求高風亮節，謙讓恬退之士，則不可多見，然而孟郊之爲人，卻可謂「高風亮節」。孟郊雖拙於謀生，一貧徹骨，裘

褐懸結，然觀其四十二歲初下第，謁徐州刺史兼御史大夫張建封時所作之〈上張徐州〉詩：

> 顧己誠拙訥，干名已蹉跎。獻詞唯在口，所欲無餘它。乍作
> 支泉石，乍作攲松蘿。一不改方圓，破質爲琢磨。賤子本如
> 此，大賢心若何。豈是無異途，異途難經過。（卷六）

辭意不亢不卑，夏敬觀氏即因此詩，而認爲「照這些詩看去，他的性情，同他平生的行誼，豈是能徇人而變的？自然是抱道而終的了。」（《孟郊詩選注》導言）可知詩人集中雖頗有自憐之作，但於大吏面前，則誠「未嘗俛眉爲可憐之色。」（辛文房《唐才子傳》卷五）而且，孟郊〈上達溪舍人〉自謂：「萬俗皆走圓，一身猶學方。」（卷六）〈答郭郎中〉一詩亦自許：「志士貧更堅，守道無異營。」（卷七）《孟東野集》中，更常見「青松」一詞，如〈寓言〉一詩自表其志：

> 誰言碧山曲，不廢青松直。誰言濁水泥，不污明月色。我有
> 松月心，俗騁風霜力。貞明既如此，摧折安可得？（卷二）

又如：

> 鑒獨是明月，識志唯寒松。（卷二〈古意〉）
>
> 雖爲青松姿，霜風何所宜。（卷二〈罪松〉）
>
> 破松見貞心，裂竹看直文。（卷六〈大隱訪三首之一〉）
>
> 松柏死不變，千年色青青。（卷七〈答郭郎中〉）
>
> 松柏有霜操，風泉無俗聲。（卷七〈山中送從叔簡〉）
>
> 披霜入眾木，獨自識青松。（卷九〈尋言上人〉）

等等，以青松自況一己孤傲堅貞之品格者甚爲多見。《新唐書》載郊：「性介少諧合」，張籍〈贈別孟郊〉亦云：

> 君生衰俗間，立身如禮經。……苦節居貧賤，所知賴友生。
>
> （《全唐詩》卷三八三）

詩人堅貞孤直、守道不移之人格確若隆冬之中，挺立於茫茫雪境上的青松。然而，孟郊雖秉性高潔耿介，卻不能屬「恬退安命」之士。蘇轍即曾謂：

> 唐人工於為詩，而陋於聞道。孟郊嘗有詩云：「食薺腸亦苦，
> 強歌聲無歡，出門即有礙，誰謂天地寬。」郊耿介之士，
> 雖天地之大，無以容其身，起居飲食，有戚戚之憂，是以
> 辛窮以死。……甚矣，唐人之不聞道也！孔子稱「顏子在
> 陋巷，人不堪其憂，回也不改其樂。」回雖窮困早死，而
> 非其處身之非，可以言命，與郊異矣。(胡仔《苕溪漁隱叢話》
> 前集卷十九)

的確，觀孟郊〈上張徐州〉詩，既已明言自己任直道而不悔的耿介性
情，不因人而變，而且，在〈答郭郎中〉詩中亦表白：

> 松柏死不變，千年色青青。志士貧更堅，守道無異營。每彈
> 瀟湘瑟，獨抱風波聲。中有失意吟，知者淚滿纓。何以報知
> 者，永存堅與貞。(卷七)

既然「守道無異營」、「永存堅與貞」，內志既已堅比金石，則似不必
時時以外境的窮達為意，但事實上孟郊卻不然。孔子：「君子固窮，
小人窮斯濫矣。」(《論語・衛靈公》)孟郊可以固窮，是以累舉不第，
終不若董召南北遊燕趙藩鎮之地，但卻始終無法釋懷。如上文所述不
遇、失子之痛即時常縈縈啃嚙著詩人的心，甚至直至耳順之年，尚為
〈教坊歌兒〉一詩，詩云：

> 十歲小小兒，能歌得聞天。六十孤老人，能詩獨臨川。去年
> 西京寺，眾伶集講筵。能嘶竹枝詞，供養繩床禪。能詩不如
> 歌，悵望三百篇。(卷三)

詩人只為目睹一個十歲歌童，因藝得君王之恩寵，即敏感的想到自
身，雖有詩才，卻只能在暮年歎息著年華如逝水，此亦足見詩人心中
的不遇之痛是如何的深沈。

除了精神層面的「窮」，物質上的貧乏亦使孟郊難堪一生。《孟
東野集》中如云：

> 君今得意厭粱肉，豈復念我貧賤時。(卷一〈出門行二首之一〉)
> 東方有一士，歲暮常苦飢。(卷二〈感懷八首之五〉)
> 夷門貧士空吟雪，夷門豪士皆飲酒。(卷二〈夷門雪贈主人〉)

> 貧病誠可羞，故床無新裘。（卷二〈臥病〉）
> 秋至老更貧，破屋無門扉。（卷四〈秋懷十五首之四〉）
> 誰言貧別易，貧別愁更重。（卷七〈送從弟郢東歸〉）
> 富別愁在顏，貧別愁銷骨。（卷七〈答韓愈李觀因獻張徐州〉）
> 孰不苦焦灼，所行爲貧侵。（卷九〈贈竟陵盧使君虔別〉）
> 借車載家具，家具少於車。（卷九〈借車〉）

等等，皆見物質上的匱乏陰影始終籠罩著孟郊，而孟郊終其一生於此亦耿耿於懷，實非曠達之士，宋人吳處厚嗤其：「器量褊窄」，（見吳开《優古堂詩話》）語出誠有其故。

韓愈〈與孟東野書〉說：

> 足下才高氣清，行古道，處今世，無田而衣食，事親左右無違，足下之用心勤矣，足下之處身勞且苦矣。混混與世相濁，獨其心追古人而從之，足下之道其使吾悲也。（《韓昌黎文集》卷二）

又〈送孟東野序〉：

> 大凡物不得其平則鳴，草木之無聲，風撓之鳴；水之無聲，風蕩之鳴。其躍也，或激之；其趨也，或梗之；其沸也，或炙之。金石之無聲，或擊之鳴；人之於言也亦然。有不得已者而后言，其歌也有思，其哭也有懷，凡出乎口而爲聲者，其皆有弗平者乎。（《韓昌黎文集》卷四）

在濁世之中既「抱道不移」卻又不能「恬退安命」，此種內心之掙扎不平使孟郊不時發出「不平之鳴」。而性既褊隘，心苦不平之甚，形諸筆詠，乃時露奇險之音，此可由集中卷十的奇險名作，詠三峽之組詩〈峽哀十首〉窺其一斑。詩人在詩中即不屑就常例依三峽之史地、風俗而詠，卻以鮮明之主觀色彩，將峽中寫成魔域一般，以象徵酷毒的時代，與充滿不平的社會。哀憤的呼喊「薄俗少直腸，交結須橫財。黃金買相弔，幽泣無餘漣。我有古心意，爲君空摧頹。」（其一）「沈哀日已深，銜訴將何求？」（其二）「銜訴何時明，抱痛已不禁。」（其六）「峽哀不可聽，峽怨其奈何？（其十）」整組詩字字句句皆爲詩人

不得其平的血淚控訴。

第三節　仕與隱的矛盾

　　中國傳統士人，向以仕宦爲人生唯一的出路，而對於有志者而言，仕宦並非圖一己之富貴，更重要的是藉諸宦途以達儒教平治安邦的崇高理想。孟郊年青時雖曾隱居於嵩山，「稱處士」（《舊唐書》卷一六○），然而，由現存孟郊詩文所披露之思想觀察，則詩人實極具有儒家入世濟民之情懷。如其〈上常州盧使君書〉說：

> 道德仁義，天地之常也。……賢人君子有其位言之，可以周天下而行也。無其位，則周身言之可也。……仲尼非獨載其言，周萬古而行也。前古聖賢得仲尼之道，則其言皆載之周萬古而行。……不以道德仁義事其君者，以盜賊事其君也。不以道德仁義之衣食養其親者，是盜賊養其親也。（《孟東野詩集》卷十）

強調道德仁義爲天地之常，並以之爲事君奉親之義，此誠孟郊自承習以仲尼之儒業者。而且，在貞元八年（七九二），詩人四十二歲往長安應試進士之前，詩集中年代可考者，如建中三年（七八二），詩人三十二歲時所爲之〈殺氣不在邊〉一詩：

> 殺氣不在邊，凜然中國秋。道險不在山，平地有摧輈。河南又起兵，清濁俱鎖流。……涼風蕩天地，日夕聲颼飀。萬物無少色，兆人皆老憂。長策苟未立，丈夫誠可羞。靈響復何事，劍鳴思戮讎。（卷一）

與〈感懷〉詩：

> 孟冬陰氣交，兩河正屯兵。……奈何操弧者，不使梟巢傾。猶聞漢北兒，怙亂謀縱橫。擅搖干戈柄，呼叫豺狼聲。白日臨爾軀，胡爲喪丹誠。豈無感激士，以致天下平。（卷三）

皆是有感於中唐王綱不振，藩鎮割據，囂張跋扈，習亂爲常。而詩人在蒿目時艱，憂國憂民之餘，更表明心事說：「長策苟未立，丈夫

誠可羞。」以爲大丈夫處亂世，如無濟世之良策，則眞可羞愧，因之大言慷慨：「靈響復何事，劍鳴思斬讎。」直以再致天下太平爲己任。

　　孟郊早年隱居嵩山，往來江浙河洛之間，所交結者應頗多釋道隱逸之士，此由其集中頗多與方外之士贈酬唱和之作可知〔註3〕。後來奉母命從進士試（韓愈〈貞曜先生墓誌銘〉），當其棄隱出仕之時，或曾經遭友輩之非議，因此孟郊作有〈百憂〉一詩〔註4〕，以明其志：

> 萱草女兒花，不解壯士憂。壯士心是劍，爲君射斗牛。朝思除國讎，暮思除國讎。計畫山河盡，意窮草木籌。智士日千慮，愚夫唯四愁。何必在波濤，然後驚沈浮。伯倫心不醉，四皓跡難留。出處各有時，眾議徒啾啾。（卷二）

詩中不因紛紛之眾議爲意，意氣豪邁，憂國之思與忠愛之懷俱深，頗有李白〈梁園吟〉：「東山高臥時起來，欲濟蒼生未應晚」之慨。可見孟郊雖處於中唐衰亂之世，初期卻非灰心於國事者。然而，孟郊雖亟欲戮力國仇，但是在往長安應試之前一年，即貞元七年秋天，至湖州拔解時，卻作有〈湖州取解述情〉一詩，詩中說：

> 雲水徒清深，照影不照心。白鶴未輕舉，眾鳥爭浮沈。因茲挂帆去，遂作歸山吟。（卷三）

詩意頗有振翮高舉，復隱山林之思。個中原由，可能是孟郊爲人之「性介少諧合」（《新唐書》卷一七六），所謂「賦性高潔」，故以「白鶴」

〔註3〕據尤信雄先生《孟郊研究》一書，孟郊爲儒門人物，惟其交遊除儒門之士外，亦多方外人物。就其詩集中吟詠所及者，有清遠上人、長文上人、道月上人、素上人、淡公、晝上人、曉公、顏上人、獻上人、超上人、青陽上人、藍溪僧、言上人、文應上人、契公、玄亮師、李尊師玄、城郭道士、蕭鍊師、王鍊師諸人。（頁111，文津出版社，1984年）。除上述諸人之外，尚應有南岳隱士、殷山人、無懷道士、丹霞子、裴處士、智遠禪師、嵩陽道士。惟以上諸人，不必東野早年即識之。

〔註4〕此詩華忱之《孟郊年譜》未予繫年，此處從劉斯翰《孟郊賈島詩選》頁27之說。（遠流出版公司，1988年）

自比，不屑與其眼下之諸俗士爭舉。然而，孟郊畢竟沒有「因茲挂帆去」，貞元八年，至長安後，面對著冠蓋滿京華，一介寒士，乃嚐盡世情炎涼，觀其作於貞元八年諸詩什，如〈長安旅情〉：

> 說盡青雲路，有足皆可至。我馬亦四蹄，出門似無地。玉京十二樓，峨峨倚青翠。下有千朱門，何門薦孤士。（卷三）

與〈長安羈旅行〉：

> 直木有恬翼，靜流無躁鱗。始知喧競場，莫處君子身。野策藤竹輕，山蔬薇蕨新。潛歌歸去來，事外風景真。（卷一）

自憐自傷，又欲歸居山林。既而鎩羽長安，更是憤懣不平，歸隱之思益切，如其〈傷時〉一詩：

> 常聞貧賤士之常，嗟爾富者莫相笑。男兒得路即榮名，邂逅失途成不調。古人結交而重義，今人結交而重利。……我亦不羨季倫富，我亦不笑原憲貧。有財有勢即相識，無財無勢同路人。因知世事皆如此，卻向東溪臥白雲。（卷二）

詩中情感矯激，言語直切，而末了說「因知世事皆如此，卻向東溪臥白雲」，則真可謂心灰意冷了。然而，〈遊俠行〉一詩說：

> 豈知眼有淚，肯白頭上髮。平生無恩酬，劍閑一百月。（卷一）

雖是古題古意，摹擬以出之樂府詩，卻恐非孟郊無心而發。詩人究竟還是繫心於國事，希冀將來有所大用的，因此，雖應舉失意，屢興歸返山林之思，終究還是再赴科場。

貞元十六年，即登第後的第四年，孟郊五十歲，至洛陽應銓選，作有〈初於洛中選〉一詩：

> 塵土日易沒，驅馳力無餘。青雲不我與，白首方選書。宦途事非遠，拙者取自疏。終然戀皇邑，誓以結吾廬。帝城富高門，京路遠勝居。碧水走龍狀，蜿蜒遶庭除。尋常異方客，過此亦踟躕。（卷三）

此時應尚未知後來竟會淪為一酸寒之溧陽尉，所以詩中詞意欣欣，且以為宦途之事並不難，而且觀詩中說「終然戀皇邑，誓以結吾廬」、「尋常異方客，過此亦踟躕」，則可知詩人已無歸隱之思。然而，後來事

情的發展卻出乎詩人所料，終於迫使詩人不得不面對長久藏於心中，欲藉諸出仕以平治天下之理想破滅的事實。

理想破滅後的詩人，雖消極許多，但是並未忘懷治國平天下的理想。然而，在經歷過一番世事挫折，飽嚐人情炎涼之後，詩人卻更嚮往著山林的隱逸生活，只是始終無法決然歸去，於是，仕與隱的內心掙扎依舊絞嚙著詩人的心。

觀詩人後期所作的十首弔元德秀（魯山）詩中，一再述及治理，如說：

> 君臣貴深遇，天地有靈橐。力運既艱難，德符方合莫。名位苟虛曠，聲明自銷鑠。禮法雖相救，貞濃易糟粕。（之七，卷十）

可謂頭頭是道，而與韓愈共作的〈會合聯句〉，亦猶念念不忘「國讎未銷鑠，我志蕩邛隴。」（《韓昌黎詩繫年集釋》卷四）然而，既為衰亂之世，理應是小人得志，奸邪竊柄，詩人在〈寄張籍〉一詩中說：

> 夜鏡不照物，朝光何時昇。……君其隱壯懷，我亦逃名稱。古人貴從晦，君子忌黨朋。傾敗生所競，保全歸懵懵。浮雲何當來，潛虹會飛騰。（卷七）

「隱壯懷」、「逃名稱」都是不得已的，因為「朝光」不升，而夜幕四垂，黯不睹物，此時亦只能從晦以保全，以免遭奸人圍剿與暗算。然而最後二句，卻又寄寓著時來運轉的無限期盼。此詩實充分表露出孟郊仕、隱掙扎的心態。

《孟東野集》中，類此全身遠害，念念不忘歸隱山林之作甚多，[註5]惟其確切創作年代不明，所以無法藉以探討是否為孟郊詮選溧

〔註5〕如〈空城雀〉：「一雀入官倉，所食寧損幾。祇慮往覆頻，官倉終害爾。魚網不在天，鳥羅不張水。飲啄要自然，可以空城裡。」（卷一）
〈黃雀吟〉：「黃雀舞承塵，倚恃主人仁。主人忽不仁，買彈彈爾身。何不遠飛去，蓬蒿正繁新。蒿粒無人爭，食之足為珍。莫覷翻車粟，覷翻罪有因。黃雀不知言，贈之徒殷勤。」（卷一）
〈求仙曲〉：「自當出塵網，馭鳳登崑崙。」（卷一）
〈隱士〉：「本末一相返，漂浮不還真。山野多餒士，市井無饑人。虎

陽尉後，心境轉變之結果。但是，從其中少數可由詩意推知作於晚年者，則可知孟郊晚年頗投注心力於佛教思想。如其〈自惜〉詩：

> 始知儒教誤，漸與佛乘親。（卷三）

二句說明了詩人對於儒、佛之取捨，雖爲牢騷之語，卻也反映了孟郊對早年所抱持的儒教積極入世、解懸拯溺之理想的破滅與懷疑。又其〈讀經〉一詩，說：

> 垂老抱佛腳，教妻讀黃經。……曾讀大般若，細感肸蠁聽。當時把齋中，方寸抱萬靈。忽復入長安，蹴踏日月寧。老方卻歸來，收拾可丁丁。拂拭塵機桉，開函就孤亭。儒書難借索，僧籤饒芳馨。（卷九）

垂老親佛，回憶當年曾於清齋中讀大般若，心境靈明，後入長安，紅塵滾滾，此番歸來，年紀老大，孤亭開卷，更覺佛語芳馨。由此讀佛經經歷之轉折，亦可見詩人晚年心境之轉折。但是，詩人畢竟沒有因此而出世遁隱，因此，元和九年，六十四歲的詩人，因山南西道節度使鄭餘慶奏其爲興元軍參謀，試大理評事，即自洛陽前往，並作有〈送鄭僕射出節山南〉一詩，詩中說：

> 國老出爲將，紅旗入青山。再招門下士，結束餘病孱。自笑騎馬醜，強從驅馳間。顧顧磨天路，裹裹鏡下顏。文魄既飛越，宦情唯等閑。羨他白面少，多是清朝班。惜命非所報，慎行誠獨艱。悠悠去住心，兩說何能刪。（卷八）

「羨他白面少，多是清朝班」，衰耄之年，猶羨白面年少之能得志於青雲者，此二語與〈教坊歌兒〉一詩，皆寄寓著詩人窮老不遇的深沈之悲。而「悠悠去住心，兩說何能刪」，仕、隱依違於內心，此時當

豹忌當道，麋鹿知藏身。奈何貪競者，日與患害親。顏貌歲歲改，利心朝朝新。孰知富生禍，取富不取貧。寶玉忌出璞，出璞先爲塵。松柏忌出山，出山先爲薪。君子隱石壁，道書爲我鄰。寢興思其義，澹泊味始眞。陶公自放歸，向平去有依。草木擇地生，禽鳥順性飛。青青與冥冥，所保各不違。」（卷二）
〈病起言懷〉：「交道賤來見，世情貧去知。高閑思楚逸，澹泊厭齊兒。終伴碧山侶，結言青桂枝。」（卷三）

亦不再有初第進士時的濟世豪情。仕，恐亦只爲一己衣食而已；隱，則實應更契於詩人老年的心願。然而，明知宦情等閑，詩人爲報知遇，卻不肯惜命，終於強從而往，因此在是年八月，以暴疾卒於河南閿鄉縣，身後無所餘，惟有一片「文章飛上天，列宿增晶熒」（〈弔盧殷十首之十〉，卷十）。

第四節　結　語

　　由上文對孟郊之生平際遇及其人格風貌之敘述中，我們對於孟郊的詩歌創作之涉入奇險，大致可以有一結論，此即德宗貞元八年的長安應試落第，應是詩人前後期詩風之轉關，至於後期奇險詩風之定型，則在貞元十六年詮選溧陽縣尉後。

　　前期詩人未入仕途，悠悠隱逸，生活也許不甚如意，其人生態度卻尚屬樂觀。其時作品，詩歌基調明快，是較重言志的，而在田園野老的平淡生活中，因受當日德宗初期的政治革新風氣所鼓舞，詩人心中因此時有建功立業之渴望。此期之應酬詩作，如第一節注二中所舉，往往流露出昂揚之志氣，而如在長安應舉前的登覽名作〈遊終南山〉：

> 南山塞天地，日月石上生。高峰夜留景，深谷晝未明。山中人自正，路險心亦平。長風驅松柏，聲拂萬壑清。到此悔讀書，朝朝近浮名。（卷四）

詩中境界闊大，色調明朗，與後期登覽之作，如第二節所舉〈峽哀〉十首比較，情韻之異直如天壤，潘德輿《養一齋詩話》即曾批評說：

> 每讀東野詩，至「南山塞天地，日月石上生。山中人自正，路險心亦平。」……諸句，頓覺心境空闊，萬緣退聽，豈可以寒儉目之！（卷一）

然而，經歷貞元八年、九年的長安應試落第，多年隱居，思想單純，而與社會隔閡的孟郊終於被現實社會的炎涼百態所驚醒，陰鬱的心境使其時詩作已不似應試前明朗，一般人所熟悉的孟郊「煩冤幽憤」與

「寒苦」之音大量出現在此一時期，詩歌創作也由應試前的偏重言志轉向主觀抒情，但此一時期除與韓愈聯句時的爭奇鬥險外，奇險詩風並未特別明顯。貞元十六年，孟郊得知詮選為溧陽縣尉，抑鬱非常，不久棄官他去，而自此以後至詩人去世，多半過著寄人籬下的生活，其間不但仕途失意的苦悶啃嚙著詩人的心，一連串的不幸，如喪母、失子、貧窮、病痛，等等人生災難不斷向他襲來，所謂「不平則鳴」，抒寫自身遭遇之不幸是孟郊後期窮困潦倒的生活經歷之必然傾向。在原本賦性狷潔的個性基礎上，重之以歷盡人世難堪之境，使得孟郊後期詩歌創作逐漸不自覺的背離了儒家傳統的詩教要求—「溫柔敦厚」、「發乎情、止乎禮義」，儘管在詩歌形式上堅持著古風的創作，其思想內容卻遠離「雅正」之要求，反而因「苦吟神鬼愁」而日趨於奇險了。

第四章　孟郊奇險作品探析

第一節　孟郊奇險作品之表現手法

　　孟郊在中唐以五言古詩稱大家，集中未有近體律詩之作，此實
與其好古之心態有關。然而，孟郊雖然好古，在詩歌創作上，卻不拘
古、擬古，而能有所變化。韓愈〈醉贈張秘書〉：「東野動驚俗，天葩
吐奇芬。」（《韓昌黎詩繫年集釋》卷四）所謂吐奇驚俗，正足見其創
作之精神。清人方東樹論五言古詩曾說：

> 凡漢魏六代三唐之熟境、熟意、熟詞、熟字、熟調、熟貌，
> 皆陳言不可用。（《昭昧詹言》卷一）

孟郊的作品中，其風格涉於奇險者，誠如方氏所言，下文略從孟郊詩
的構意與修辭兩大端，分成五點敘述。

一、立意非常

　　唐人李肇《國史補》曾以「矯激」批評孟郊的詩，清人方東樹
亦嫌孟郊詩「太露圭角」。（《昭昧詹言》卷一）此皆為時代憂患，與
詩人一己生命之坎坷挫折，使其詩中多有憤世疾俗之音。孟郊此種矯
激不平之心境表現於詩作中，屢見反常出奇的立意。此如集中之〈衰
松〉、〈罪松〉（卷二），與〈旅次湘沅有懷靈均〉（卷六），不論詠松或

詠屈原,皆大異於昔人所作。

在〈衰松〉一詩中,詩人云:

> 近世交道衰,青松落顏色。人心忌孤直,木性隨改易。既摧
> 棲日幹,未展擎天力。

詩中之青松,已不見前人所詠勁直頂天的意象,卻說青松在世道衰落之中萎色,此應是詩人處於亂世末俗之際,感慨是非之混淆、善惡顛倒,並且痛己懷才而淪沒,故於沈痛激憤的心情下,反常出奇以自喻者。所以詩末又沈痛呼籲:

> 終是君子材,還思君子識!

雖說冀望君子能識,然而末俗衰世,人心既忌孤直之士,則於此種風習之中,當權者豈能如詩人所盼皆具君子之德?短短十字之中,實含藏詩人內心不盡的志窮心苦之辛酸。

孟郊詩中屢見「青松」一詞,以孤傲的青松意象自喻,此上節已曾述及,松或為詩人最喜歡的植物。而在〈罪松〉一詩中,孟郊卻說:

> 天令設四時,榮衰有常期。榮合隨時榮,衰合隨時衰。天令
> 既不從,甚不敬天時。松乃不臣木,青青獨何為?

此則以松木於隆冬苦寒之中,獨榮翠於眾芳俱萎之際,是為「不敬天時」的「不臣之木」,此實與奉遵儒教不渝的詩人在〈自惜〉詩中,說「始驚儒教誤,漸與佛乘親」(卷三)一般,皆是詩人在公理淪沒的亂世中,曲逆矯激的心理反映。觀詩中另言:

> 雖為青松枝,霜風何所宜。二月天下樹,綠於青松枝。勿謂
> 賢者喻,勿謂愚者規。伊呂代封爵,夷齊終身飢。彼曲既在
> 斯,我正實在茲。涇流合渭流,清濁各自持。

「雖為青松枝,霜風何所宜」、「涇流合渭流,清濁各自持」,詩題中所寓的反諷之意實甚為明顯。

又昔人詠屈原皆肯定其忠直之性格,《孟東野集》中如:

> 嘉木忌深蠹,哲人悲巧詆。靈均入迴流,靳尚為良謨。我願

分眾泉，清濁各異渠。我願分眾巢，梟鸞相遠居。(卷一〈湘
弦怨〉)

一掬靈均淚，千年湘水文。(卷一〈楚竹吟酬盧虔端公見和湘絃怨〉)

秋入楚江水，獨照汨羅魂。手把綠荷泣，意愁珠淚翻。(卷一
〈楚怨〉)

詩語中含悲悼同情之意，並不異於昔人詠屈原之作。然而當詩人四十
三歲在長安二次落第，自楚遊湘時，所為〈旅次湘沅有懷靈均〉一詩，
竟苛責屈原說：

名參君子場，行為小人儒。……騷文衒貞亮，體物情崎嶇。
三黜有慍色，即非賢哲模。……死為不弔鬼，生作猜謗徒。
吟澤潔其身，忠節寧見輸？懷沙滅其性，孝行焉能俱？且聞
善稱君，一何善自殊？且聞過稱己，一何過不渝？

此種不近情理之論，並非孟郊不諳屈原的生平事蹟，或屈原在歷史上
已為「忠臣」之典範，實是因長期的挫折委屈，導致心態的反側不平，
使詩人寫下如此違逆眾情之作。

另如集中的〈蜘蛛諷〉、〈蚊〉與〈燭蛾〉三首，以常人所厭惡
的昆蟲發詠，誠為「以醜為美」者，然而孟郊之意並不在於詠此三物，
而是別有所寄。如〈蜘蛛諷〉：

萬類皆有性，各各稟天和。蠶身與汝身，汝身何太訛。蠶身
不為己，汝身不為它。蠶絲為衣裳，汝絲為網羅。濟物幾無
功，害物日已多。百蟲雖切恨，其將奈爾何？(卷九)

〈蚊〉：

五月中夜息，饑蚊尚營營。但將膏血求，豈覺性命輕。顧己
寧自愧，飲人以偷生。願為天下幮，一使夜景清。(卷九)

〈燭蛾〉：

燈前雙舞蛾，厭生何太切。想爾飛來心，惡明不惡滅。天若
百尺高，應去掩明月。(卷九)

詩中所詠之蜘蛛、飛蚊與燈蛾，在孟郊憤激的心靈觀照下，或害物以
濟私，或貪婪而無恥，或陰心險志以嫉明妒善，實為當時魚肉良民的

奸官慝吏之寫照，是以詩人切齒如是。

　　除了在詩作全篇之命意上，可見詩人違常出奇之立意外，歷代詩人爲詩，多有用典習性，孟郊亦然。然而孟郊詩在典實的使用上，全循典故之本意者並不多見，卻常在固有之典實上另裁新意以見奇。仇兆鰲《杜詩詳注》卷二三於杜甫〈舟中夜雪有懷盧十四御弟〉一詩，曾引黃生語：

　　　　用事忌熟，惟翻案，則無不可用之事矣。

《藝苑雌黃》也說：

　　　　文人用故事，有直用其事者，有反其意而用之者。……直用其事，人皆能之，反其意而用之者，非學業高人，超越尋常拘攣之見，不規規然蹈襲前人陳跡者，何以臻此？（見魏慶之《詩人玉屑》卷七引）

詩中典故之使用，向以明用、暗用、活用、反用爲類，所謂明、暗者，乃就其外在形式而分，可明見其爲用典者，謂之明用；不能明見其爲用典者，謂之暗用。而活、反者，則是就詩意之內涵而別。順移典實之意，靈活而用之，是爲活用；若翻轉典實之意，否定而用之，則爲反用。詩篇在用典上，同一典實每因裁奪之異，而各殊其意。〔註1〕孟郊詩立意之所以見奇，則是在引用典故之際，常參以一己主觀之情感，並不就典實本來面目直接鋪陳，而經常於典實原意所肯定者，否定以用之，而原意所否定者，卻肯定以用之。翻轉古人之舊案，而另闢新意，是以詩中乃多見立意翻騰變化之奇。

　　關於前人肯定之意，而孟郊否定以用之者，如上文所舉〈衰松〉一詩，云：「人心忌孤直，木性隨改易。」此實因疾惡世道之澆薄，故反用李白「松柏本孤直，難爲桃李顏」（〈古風三十二首之十〉）之意。其餘類此者甚夥，今一一舉證臚列如下：

　　　　萬物皆及時，獨余不覺春。（卷一〈長安羈旅行〉）

〔註1〕陳文華《杜甫詩律探微》第三章〈用辭使事〉，台灣師範大學國文研究所集刊第二十二號。

杜甫〈能畫〉詩：「每蒙天一笑，復似物皆春。」上例爲孟郊初次下第，心冷氣喪而翻案者。

　　波瀾誓不起，妾心井中水。（卷一〈烈女操〉）

二句反用王維〈酌酒與裴迪〉詩：「人情翻覆似波瀾。」以喻持志之堅貞不渝。

　　上山復下山，踏草成古蹤。徒言采蘼蕪，十度不一逢。（卷二
　　〈古意〉）

〈古詩〉：「上山采蘼蕪，下山逢故夫。」孟郊詩此處亦翻案。

　　四時不遷移，萬物何時春？（卷二〈感懷八首之三〉）

《淮南子》：「日月無傷，而與時爲春。」〈古詩十九首〉：「浩浩陰陽移。」何劭〈贈張華〉詩：「四時更代謝。」東野反之，蓋遭亂有所感。

　　哀哀陸大夫，正直神反欺。（卷三〈亂離〉）

此反用杜甫〈病柏〉：「神明依正直。」蓋東野痛心摯交死於兵亂，而出以憤激之語。

　　洛風遠塵泥。（卷五〈與王二十一員外涯遊枋口柳溪〉）

此句反用陸機〈爲顧彥先贈婦詩二首之一〉：「京洛多風塵。」

　　雖然到城郭，衣上不棲塵。（卷六〈贈建業契公〉）

二句反用謝朓〈酬王晉安〉詩：「誰能久京洛，緇塵染素衣。」蓋美契公靈修清靜，雖處世俗繁華，卻不爲所動。

　　生離不可訴，上天何曾聰？（卷七〈憶江南弟〉）

此東野白首羈旅，憶江南二弟，情感矯激之餘，遽呼訴於彼蒼，蓋本曹子建〈求通親親表〉：「發天聰而垂神聽。」而反用之。

　　花盃承此飲，椿歲小無窮。（卷九〈井上枸杞架〉）

《莊子·逍遙遊》：「上古有大椿者，以八千歲爲春，八千歲爲秋，而彭祖乃今以久特聞，眾人匹之，不亦悲乎？」孟郊詩意蓋謂椿歲猶爲夭，實爲翻案之作。

日月不與光，莓苔生空衣。(卷十〈弔盧殷十首之四〉)

此二句反用《詩經‧邶風》「日居月諸，照臨下土。」

又有否定之意，孟郊則肯定以用之者，如：

直木有恬翼，靜流無躁鱗。(卷一〈長安羈旅行〉)

《晉書‧殷仲文傳》：「洪波振壑，川無恬鱗。」孟郊則反用其意。

天令設四時，榮衰有常期。(卷二〈罪松〉)

此反用陶潛〈飲酒二十首之一〉：「衰榮無定在，彼此更共之。」

樓上春風過，風前楊柳歌。枝疏緣別苦，曲怨爲年多。(卷二
〈折楊柳二首之二〉)

王之渙〈涼州詞〉：「羌笛何須怨楊柳，春風不度玉門關。」此亦反而
用之。

徒言秦狂狷，詎敢忘筌蹄。(卷五〈與王二十一員外涯遊枋口柳溪〉)

《莊子‧外物》：「筌者，所以在魚，得魚而忘筌。蹄者，所以在兔，
得兔而忘蹄。」孟郊此處反用之。

從茲阮籍淚，且免泣途窮。(卷七〈送任齊二秀才自洞庭遊宣城〉)

《世說新語‧棲逸》：「阮步兵嘯聞數百步。」注引《魏氏春秋》：「阮
籍常率意獨駕，不由徑路，車跡所窮，輒痛哭而反。」此亦
翻案之作。

佞是福身本，忠是喪己源。(卷十〈弔比干墓〉)

此爲孟郊憤激之語，蓋反用《論語‧先進》：「是故惡夫佞者」一語。

翻轉之法，其妙在能使熟事別出新意，惟用之須能切合題意，
至不得不翻轉而翻轉，方易成功。而審諸孟郊詩上舉諸作，於典故
之使用上，或用事，或用辭，輒見孟郊藉此以抒其傷亂哀憤之思，
以見其矯激非常之意，出之於心苦不平之甚者爲多。比諸其摯交韓
愈，云：「昨來得京官，照壁喜見蠍。」(〈送文暢師北遊〉，《集釋》
卷五) 反用杜詩「每愁夜中自足蠍」之句，只因爲君王召爲國子博
士，得以北歸，即見此毒物亦喜不自禁，雖說「以醜爲美」，(劉熙
載《藝概‧詩概》) 然見蠍豈眞是美事？詩意牽強孰甚！讀之徒令人

蹙眉。類此刻意與古人爲難,而故作驚人之語者,實可不用。

二、想像譎詭

　　詩句的意義不能獨立於語文形式之外,故詩中用字之險鍊往往會造成思想內容上的新奇,此種詩意之奇多是藉諸險語而有。然而孟郊詩中,另有本諸邁越俗常的想像,而出以尋常樸實之詞彙,以成奇意奇境者。

　　元人范德機《木天禁語》一書,曾於「篇法」關目云借喻:「如詠婦人者,必借花爲喻;詠花者,必借婦人爲比。」言下以爲將女性共花聯想,乃寫作不移之規律,實屬無理,蓋詩無定法,常人聯想輒易落窠臼,然傑出之詩人,其詩思往往破空而來,絕去蹊徑,豈能規規然拾人涕唾?東野詩中,雖亦偶蹈前人窠臼,如云:

>　　莫言短枝條,中有長相思。(卷二〈折楊柳之一〉)
>　　取鑒諒不遠,江水千萬層。(卷二〈寒江吟〉)
>　　面結口頭交,肚裡生荊棘。(卷三〈擇友〉)

此三例陳延傑氏皆以「奇」許之,然而折柳贈別爲漢人習俗,後代因之以爲送別之詞,孟郊詩寓意雖奇,究非獨創。而「取鑒」江水之事,則《國語‧吳》:「王其盍亦鑑於人,無鑑於水。」亦有前言在先。至於「肚裡生荊棘」一句,言人心有刺,陳氏歎爲「奇想」者,實則《三國志‧蜀志陳震傳》載諸葛亮與蔣琬書:「孝起前臨至吳,爲吾說正方腹中有鱗甲,鄉黨以爲不可近。」則亦是有成言在前,皆不爲獨創之想。然而,東野集中,卻亦屢見詩人一己出奇之想,其想像雖頗與常理不合,然往往愈不洽於常理,卻令人愈覺其新闢可玩,如〈酒德〉詩云:

>　　酒是古明鏡,輾開小人心。(卷三)

將酒與明鏡二物聯想爲一,蓋因鏡可照見人,而俗諺謂「酒後吐眞言」,可見小人平日僞飾之情態,故云酒可輾開人心,可謂善譬。而〈秋懷十五首之五〉說:

　　　　商葉隨乾雨，秋衣臥單雲。(卷四)

以「乾雨」狀秋木之葉落成陣，以「單雲」狀秋衣之單薄，皆見詩人
之巧思。第八首亦有句類此：

　　　　歲暮景氣乾，秋風兵甲聲。

歲暮天寒，萬木枯萎零落，一旦秋風襲地捲起，即發聲如兵刃盔甲撞
擊音響，聯想誠奇。歐陽修〈秋聲賦〉說：「又如赴敵之兵，銜枚疾
走，不聞號令，但聞人馬之行聲」疑由此化出。同首又有：

　　　　青髮如秋園，一翦不復生。少年如餓花，瞥見不復明。

此處由青髮聯想及秋園，尚屬容易，然而云年少光陰如同因飢餓眼花
般，轉瞬消逝無蹤，則妙想奇喻，可謂出人意表，非常人可及。

　　又如〈寒溪九首之三〉一詩：

　　　　波瀾凍爲刀，剸割鳧與鷺。(卷五)

將凍結的溪水聯想爲鋒利的刀刃，又因酷寒中不聞飛禽之啼鳴，再聯
想及鳧、鷺皆已爲此「冰刀」割斷咽喉，詩思誠奇。又〈戲贈無本二
首之一〉：

　　　　瘦僧臥冰凌，嘲詠含金瘊。金瘊非戰痕，峭病方在茲。(卷六)

此因見賈島苦吟爲詩，以致口舌生瘡，卻說其口角之傷非鬥毆而來，
而是因咀嚼瘦硬的詩句致此。賈詩之峭硬在詩人筆下竟宛然可觸。另
〈答李員外小榼味〉：

　　　　試啜月入骨，再銜愁盡醒。(卷九)

以「飲月」狀沁涼入骨的清茶，誠屬奇喻。另如：

　　　　百年徒役走，萬事盡隨花。(卷九〈借車〉)

　　　　有骨不爲土，應作直木根。(卷十〈弔比干墓〉)

一言人生百年，終究萬事皆空，不云隨流水，卻說萬事隨花盡凋萎，
誠不落俗套。一則於《莊子・外物》：「萇弘死於蜀，藏其血，三年而
化爲碧」之基礎上，更言忠良冤死後，其鯁直之忠骨，亦應終久不化，
而茁長爲直木之根，實亦奇想。

　　由上述諸例可睹東野之巧於聯想、譬喻。另宋人李頎《古今詩

話》引范元實：

> 形似之語，蓋若詩之賦，「蕭蕭馬鳴，悠悠旆旌」是也。激
> 昂之語，蓋若詩之興，「周餘黎民，靡有孑遺」是也。古人
> 形似之語，必實錄是事，決不可易。故老杜所題詩，往往親
> 到其處，益知其工。激昂之語，孟子所謂「不以文害辭，不
> 以辭害意」，初不可以形跡考，然如此乃見一詩之意。如〈古
> 柏〉詩「柯如青桐根如石」，視之信然，雖聖人復生，不可
> 改，此形似之語。「霜皮溜雨四十圍，黛色參天二千尺。雲
> 來氣接巫峽長，月出寒通雪山白。」此激昂之語，不如此則
> 不見古柏之大也。

昔王國維氏《人間詞話》嘗以爲詩人有二種：一爲主觀之詩人，一爲客觀之詩人。客觀詩人常以「理」觀物，詩人面對外物時，並不感性的投入，卻將之視爲與己對立之客觀形體，由外物本身之形象以觀察，一旦形諸文字，則所寫之景物即非全然與原物之客觀面貌相符，亦極逼眞，誠然「雖聖人復生，不可改。」而主觀詩人多以「情」觀物，詩人對於外界事物重心靈之主觀而直覺的感受，故當其面對外物之際，外物於詩人心靈中並非一截然與己相對之形體，而是一融入詩人自我之中的意象。當詩人將此所得之意象形諸文字中，可能與外物客觀之本來面目有別，然而卻是詩人心靈與外物之凝化，亦即詩人所表現者往往爲一己心靈之情狀，即使所寫爲現實之事物，亦每每藉諸心靈之曲折歷程以反映，帶有明顯的主觀色彩，故詩中所表現之世界，輒非世俗所有。

　　上引范氏所謂「形似之語」與「激昂之語」之異，實即客觀詩人所寫之「形象」與主觀詩人所寫「意象」之別。前者作者僅須將眼前事物依實寫下，使人「親到其處，益知其工。」其所映現者爲生活之圖景。而後者輒須憑藉回憶將以往之感受經驗召回，所呈現者則爲詩人心靈之圖景，故「不可以形跡考。」明人謝榛《四溟詩話》說：

> 予夜觀李長吉、孟東野詩集，……險怪如夜壑風生，暝巖月
> 墮，時時山精鬼火出焉；苦澀如枯林朔吹，陰崖凍雪，見者

　　靡不慘然。(卷四)

東野詩之所以予謝氏如此譎詭之意象者，實因孟郊屬主觀之詩人，故其所表現之意象，多為一己心靈之圖景，此誠與其摯友韓昌黎有別。

　　《孟東野集》卷一有〈弦歌行〉一詩，詩云：

　　　驅儺擊鼓吹長笛，瘦鬼染面惟齒白。暗中㟁㟁拽茅鞭，裸足
　　　朱褌行戚戚。相顧笑聲衝庭燎，桃弧射矢時獨叫。

此首描寫驅逐疫鬼之祈祀儀式，為新題新意之樂府詩。下著紅袴赤腳而神情憂苦的染面瘦「鬼」(人所喬裝)，尚屬詩人客觀的描寫眼前「形象」，而「相顧笑聲衝庭燎」一句，卻是詩人一己主觀心靈所呈現之「意象」了。「相顧笑聲衝庭燎」猶若擅於寫鬼境的年青「韓孟詩派」詩人李賀所作之〈神絃曲〉：

　　　古壁彩虬金帖尾，雨工騎入秋潭水。百年老鴞成木魅，笑聲
　　　碧火巢中起。

李賀詩描寫神靈捉妖拿鬼，一把綠火燒了妖巢，火聲必必剝剝的像是笑聲，而孟郊詩也是把庭燎的火焰聲說成「笑聲」，二詩想像皆譎詭之至，惟李賀詩較諸孟郊，主觀之心靈「意象」，在詩中所佔的比重，遠較於客觀之「形象」為多。

　　至於〈峽哀十首〉(卷十)，為東野集中詠三峽之組詩，詩人不願若常人之例，在吟詠三峽之史地風俗後，再結以感慨，而是繪出了一己主觀心靈之圖景，專就三峽之哀苦意象著筆，亦為孟郊詩中主觀表現色彩鮮明之作。如說：

　　　峽哀哭幽魂，噭噭風吹來。(其一)

峽流勁急的濺濺聲響，詩人卻將之想像為幽靈的哭聲，在風中噭噭的傳來。又如：

　　　幽怪窟穴語，飛聞肸蠁流。沈哀日已深，銜訴將何求。(其二)

此首則藉著潛溺的鬼怪在窟穴中之私語，以想像發出巨響的奔流峽水。又以自己愁苦無告之衷懷，投射於其上，以為峽水奔流之音，乃溺魂含冤呼苦之聲，只能徒然地在峽谷中悲喊，終不得聞於世人。另：

> 破魄一兩點，凝幽數百年。峽暉不停午，峽險多饞涎。樹根
> 鎖枯棺，孤骨裹裹懸。樹枝哭霜棲，哀韻杳杳鮮。(其三)

詩人筆下的峽中，隱天蔽日，峽谷猶若妖物，峽流則為其饞涎，吞噬
著過往的行舟，而猿啼哀切，呈現出一片鬼幽之境。此外如：

> 峽虬鳴清磬，產石為鮮鱗。噴為腥雨涎，吹作黑井身。(其四)
> 峽螭老解語，百丈潭底聞。毒波為計校，飲血養子孫。既非
> 皋陶吏，空食沈獄魂。(其五)
> 潛石齒相鎖，沈魂招莫歸。……餓嚥澷湲號，涎似泓泓肥。
> 峽春不可遊，腥草生微微。(其七)
> 仄田無異稼，毒水多獰鱗。異類不可友，峽哀哀難伸。(其八)
> 梟鴟作人語，蛟虬吸山波。能於白日間，諂欲晴風和。(其十)

三峽在孟郊筆下已非客觀之景象，經由詩人主觀想像改造後，幾成魔
域。峽波洶猛，蛟螭險惡，禍患不測，峽中潛匿著險惡的妖魔，吃人
饞涎欲滴。

東野詩中所表現的譎奇想像，另有出以邁越常理之誇張者。詩
中之誇張當然不容以考實的眼光去追究，往往誇張得愈不合乎情理，
卻愈加能聳動讀者之耳目。黃永武先生曾說：「數量上的誇張，這種
誇張是屬於常見的，還不容易變成倔奇的形容，所以絕妙的誇張，需
要在不合理的數量誇張外，還須加上無理的奇想，才更生動。」(《中
國詩學·設計篇》頁二六六) 觀諸孟郊詩，如〈長安道〉：

> 長安十二衢，投樹鳥亦急。(卷一)

欲說長安繁華，卻說長安樓閣鱗次，雖飛鳥投樹，亦為所礙，故情急，
誠為無理而妙的奇想。又如〈寒江吟〉說：

> 寒江波浪凍，千里無平冰。(卷三)

此云天寒之甚，江波在波動下瞬間結凍，故千里皆無平冰，亦是不合
常理之奇想。另如〈亂離〉一詩：

> 淚下無尺寸，紛紛天雨絲。(卷三)

以霏霏不止的天雨形容自己傷心之甚，淚水不住淌落，無可計量，其

想亦奇。另卷四〈秋懷十五首〉：

> 幽苦日日甚，老力步步微。常恐暫下床，至門不復歸。(其十
> 一)

> 瘦坐形欲折，腹飢心將崩。(其十三)

一則欲形容老力衰微，卻誇大其辭的說恐怕一下床走至門口即氣力耗
竭，詩人羸之氣息恍惚可聞。一則說枯槁的身子雖坐著，骨骸亦無
力支撐，似乎將斷折，而腹內空飢，無可墊襯位於其上的心，因此心
將崩落，奇想足以駭人耳目。

　　除此之外，孟郊詩中亦常見詩人對世間事物，別作假定癡想以
見奇者。如〈古怨〉一詩說：

> 試妾與君淚，兩處滴池水。看取芙蓉花，今年爲誰死？(卷
> 一)

詩人筆下的癡情女子，欲訴說自己對遠方情郎的深情思念，竟欲以二
人的相思之淚各自滴落於池中，然後觀池中芙蓉究竟爲誰的淚水浸死
爲證，其思雖不入理卻極之入情，洵爲奇作。又如〈閑怨〉(或作〈閨
怨〉)：

> 妾恨比斑竹，下盤煩冤根。有筍未出土，中已含淚痕。(卷一)

此亦假託離婦口吻，云其愁恨似湘妃灑淚之斑竹，底下糾結著哀怨愁
苦的根，筍在泥中尚未出土，即已先含湘妃之淚痕。設喻既新穎巧妙，
詩思更曲折入微，眞爲癡心奇想之作。而〈渭上思歸〉：

> 獨訪千里信，迴臨千里河。家在吳楚鄉，淚寄東南波。(卷三)

此因羈客不得歸，竟欲以淚寄波，庶其可流回故鄉，讀者讀之，除歎
其奇想外，亦覺癡心感人。另〈杏殤九首之五〉一詩說：

> 踏地恐土痛，損彼芳樹根。(卷十)

東野失子，哀痛逾恆，卻推己而及物，步行生怕踩痛了土地，以致傷
害了杏樹之根。此則與物同感，詩意誠癡極奇極，感人至深。

　　上述二項，皆偏就詩作內容的構思而論，下面三點，則專論孟
郊詩技巧性之一面。

三、用字險澀

　　《孟東野集》中，多見以尋常詞彙，而少錘煉用力痕跡的奇想之作，然而亦頗有藉諸不尋常之用字以表現奇想者，此類作品則時涉晦澀。昔王思任批評李賀詩說：

> 以其哀激之思，變作晦澀之調，喜用鬼字、泣字、死字、血字，如此之類，幽冷谿刻，法當夭乏。(〈李賀詩解序〉)

若以此評語移諸孟郊，亦頗爲適切。如王氏所指出之「鬼」、「泣」、「死」、「血」諸字，在東野集中亦甚常見，犓略統計，孟郊詩中用「鬼」、「魂」字眼者，有二十九次；「哭」、「泣」字約五十六次；「死」字有六十三次；「血」字則有十九次。二位詩人年齒雖有四十年之殊，其好藉險字以見奇意之作詩態度卻不見差異。

　　詩爲至精緻之文學作品，詩中用字用詞之妥稱與否，每每影響詩作之成敗，因此吾國古典詩人多講究詩中之「鍊字」或「詩眼」，賈浪仙「推」、「敲」故事即每爲後人喜談。惟〈毛詩序〉說：「主文而譎諫，言之者無罪，聞之者足以戒。」強調詩作之溫柔敦厚，其論爲歷代眾多詩人奉爲圭臬。通常爲詩，爲免影響詩作之含蓄溫婉，皆力避冷僻或情感過於強烈之字眼，但孟郊爲詩，卻往往反此常徑而行。如東野集中（含收入韓集之聯句詩），云「貧」者凡四十六次，云「寒」者六十一次，云「愁」者五十九次，云「淚」者六十次，云「哀」者四十五次，云「悲」者四十六次，云「怨」者二十七次，云「飢」云「餓」者三十六次，云「病」云「衰」者七十一次，云「苦」云「憂」者八十二次，又有情感極爲強烈之字眼「恨」、「殺」約四十八次，其音哀憤激切而太露，難怪後世講求含蓄之詩評家皆不喜。一般言之，孟郊詩中大量的使用上舉諸字眼，容易使讀者感受到詩中一股寒蹇的悲悽氛圍，「郊寒」之批評殆與此有關。當然，字詞用數之統計，亦僅能參考，其予人孟郊詩或「寒」或「奇險」之印象，則須將之置諸詩作語境中方能見出。而上舉字例中，若「死」、「殺」、「血」與「哭」諸字，孟郊在使用時，輒於詩中造成意義上之不平順，然細

繹之，卻又可通，且往往因此而見出人之奇想。

如「死」字，〈秋懷十五首之十五〉說：

　　古喦舌不死，至今書云云。（卷四）

此疾讒人充塞，讒口之舌自古及今皆有。而云舌曰「不死」，「死」字置諸「舌」下頗爲突兀，卻見詩人深憎之意。又〈寒溪九首之八〉一詩：

　　飛死走死形，雪裂紛心肝。（卷五）

此二句慨上蒼不仁，致飛禽走獸皆凍死，下二「死」字，深具震撼心靈之功，使後一句睹之心肝爲之碎裂有力。而「雪裂紛心肝」句，不云雪「飄」，而云「裂」，實險鍊而得，既見寒雪紛碎，亦見詩人不忍萬物凍亡，因而心傷，碎裂爲片片。又如〈連州吟三章之一〉：

　　哀猿哭花死，子規裂客心。（卷六）

哭者啼也；花死者，花落也。此云猿聲悲苦，足使花落淚而枯死，「哭」字「死」字並見詩人主觀情思之附會。類此者又有〈答盧虔故園見寄〉一詩：

　　花聞哭聲死，水見別容新。（卷七）

此如前首，惟「哭聲」則指鳥聲，云啼鳥悲切，足使花亡。另〈宇文秀才齋中海柳詠〉云：

　　灼灼不死花。（卷九）

〈贈崔純亮〉詩：

　　蘭死不改香。（卷六）

此二首中的「死」字皆凋萎之意，然云「凋」云「萎」則凡弱。如〈贈崔純亮〉一首，下一「死」字，見己持志之剛烈，此原東野以蘭自喻者。此外如說：

　　且無生生力，自有死死顏。（卷十〈杏殤九首之七〉）

　　聲死更何言，意死不必嗟。（卷十〈杏殤九首之八〉）

　　月死群象闌。（卷十〈逢江南故畫上人會中鄭方回〉）

皆見東野好使「死」字，以表現一己強烈之情感，兼以聳動讀者之耳目。

至於用「殺」字者，如云：

殺風仍不休。(卷五〈寒溪九首之六〉)

秦漢盜山岳，鑄殺不鑄耕。(卷十〈弔國殤〉)

若云「寒風」則為常人所能思及者，而以「殺」字狀嚴寒之北風，用字險而奇思見。另「鑄殺」一句，則以動詞為名詞，「殺」字為兵器之意，用「兵」字則凡，「殺」字見爭戰酷毒之意。

謝榛《四溟詩話》卷四曾說：

詩中罕用「血」字，用則流於粗惡。李長吉〈白虎行〉云：「袞龍衣點荊卿血。」顧逋翁〈露青竹鞭歌〉云：「碧鮮似染萇弘血。」二公妙於句法，不假調和，野蔬何以有味。

東野集中，亦頗有善用此一「粗惡」字眼者，如〈亂離〉詩說：

子路已成血。(卷三)

此以子路比陸長源，痛摯友死於亂兵之手，前另有「正直神反欺」一語，「血」字雖險，卻適足以帶出詩人激憤之情。又如：

詈言不見血，殺人何紛紛。(卷四〈秋懷十五首之十五〉)

凍血莫作春，作春生不齊。凍血莫作花，作花發嫵啼。(卷五〈寒溪九首之三〉)

或惡讒詆言詞之鑠金銷骨，或悼戰火帶與人民之苦痛，「血」字用於句中，驚心動目，皆見詩人情感之激切。

另下「哭」字者，多見詩人以一己悲苦之心情，主觀的附會於外物，如云：

棘枝風哭酸。(卷四〈秋懷十五首之十二〉)

哭絃多煎聲，恨涕有餘摧。(卷十〈弔盧殷十首之三〉)

一則聞風吹棘枝，其聲酸苦；另則因弔祭亡友時聞絃聲悲切，故皆云「哭」，句意之奇，亦皆由「哭」字見出。又：

商蟲哭衰運。(卷四〈秋懷十五首之七〉)

> 哀猿哭花死。（卷六〈連州吟三章之一〉）
>
> 花聞哭聲死。（卷七〈答盧虔故園見寄〉）
>
> 樹枝哭霜棲，哀韻杳杳鮮。（卷十〈峽哀十首之三〉）

蟲聲、猿聲、鳥聲、風木之聲，皆出之以「哭」字，參較〈奉報翰林張舍人見遺之詩〉：

> 百蟲笑秋律，清削月夜聞。（卷七）

云「哭」云「笑」實皆不外於「啼」、「鳴」之意，然詩人卻捨常而易險，下一「哭」字、「笑」字，因險見奇，亦確使全句竦動。

除上述用字之外，孟郊詩中所用險字尚多，舉其要者，如「燒」字，〈邊城吟〉說：

> 燒烽碧雲外。（卷一）

說文：「烽，燧候表也。邊有警，則舉火。」詩人蓋避舉燧之熟字，而別出生字。另如〈臥病〉一詩：

> 春色燒肌膚。（卷二）

此欲云如火如荼之鮮妍春色，卻以「燒」字出之，字險而意奇。又：

> 舊憶如霧星，恍見於夢消。言之燒人心，事去不可招。（卷八〈送李翱習之〉）
>
> 病深理方晤，悔至心自燒。（卷八〈壽安西渡奉別鄭相公二首之二〉）
>
> 迸火燒閒地，紅星墮青天。（卷九〈酬鄭毗踟躕詠〉）

或欲言心情之感慨激動，或欲狀踟躕花色之艷紅，「燒」字確能使句意生動見奇。

又有「剚」字，如〈秋懷十五首之五〉：

> 病骨可剚物。

「病骨」在常人筆下，多著眼於其衰疲，然而孟郊竟在「病骨」之下用一「剚」字，以為因飢瘦而突顯的骨頭可用以割物，「剚」字用得險澀而成功。另如〈峽哀十首之七〉說：

> 峽棱剚日月，日月多摧輝。（卷十）

此欲狀兩岸峽壁之嶒峭，蔽日遮天，卻出之以「剚」字，以為日月為

峽壁所割損，故光芒不及，可謂因險而見奇，奇想出凡。

此外，〈秋懷十五首之二〉說：

秋月顏色冰。

詩人將接納感官交綜運用，一「冰」字使月色可觸。同首又有句：

冷露滴夢破，峭風梳骨寒。

虛幻的夢境可為冷露所滴「破」，飄忽無形的寒風卻可「梳」骨，此
處不用「醒」、「吹」諸凡想可及之字，而以虛為實，鍊字艱險，在寒
澀之中見詩人之奇想。類此者如〈寄張籍〉一詩：

黯然秋思來，走入志士膺。（卷七）

秋日沈鬱的愁思可「走」入志士的胸懷，「走」字亦用得不同凡常。
另〈古離別〉說：

春芳役雙眼，春色柔四支。楊柳織別愁，千條萬條絲。（卷一）

此詩設想新奇而優美，亦皆緣於「役」、「柔」、「織」鍊字之力。〈烈
女操〉一詩：

梧桐相待老，鴛鴦會雙死。貞婦貴　夫，捨生亦如此。（卷一）

「狥」與「殉」通，以身從物曰殉。《莊子・駢拇》：「小人則以身殉
利，士則以身殉名。」詩即婦從夫之義，然下一「狥」字，險澀不平，
節烈之氣盎然。又如〈苦寒吟〉：

天色寒青蒼，北風叫枯桑。（卷一）

陳延傑氏於此詩批曰：「叫字險，用吹則熟矣。」參較〈遊終南山〉
詩：

長風驅松柏，聲拂萬壑清。（卷四）

風下用字不以「吹」，而下以「叫」、「驅」，此「叫」字「驅」字將靜
景寫成動態，於詩中之表現效果確有動靜死活之不同。一畫出天地淒
清，寒風凜烈之景；一則將柏林山風之清朗空靈描繪得異常出色。而
若〈堯歌二首之二〉：

山色挽心肝，將歸盡日看。（卷二）

欲說山景迷人，使人流連，竟以「挽心肝」出之，山色下的「挽」字，亦誠令人百思所不及。此外如：

> 溪風擺餘凍，溪景銜明春。（卷五〈寒溪九首之九〉）
>
> 懸步下清曲。（同上）
>
> 崎嶇有懸步，委曲饒荒尋。（卷五〈立德新居十首之五〉）
>
> 素魄銜夕岸。（同上）

「擺」、「銜」、「懸步」諸字，皆詩人險鍊而得。至於若〈贈別殷山人說易後歸幽墅〉一詩：

> 秋月吐白夜。（卷八）

〈李少府廳弔李元賓遺字〉：

> 斜月弔空壁。（卷十）

或云「吐」，或云「弔」，皆「照」也，然用「照」字則凡弱。二詩中淒清寂冷之氛圍，實由「吐」、「弔」二字所帶出，此亦東野用字險鍊之力。

施補華《峴傭說詩》：

> 〈南山〉詩五十餘「或」字，與〈送孟東野序〉二十餘「鳴」字一例，大開後人惡習，學詩學文者宜戒。

孟郊詩中，除了在用字上講求鍛鍊之外，亦有如韓愈於〈南山〉詩中之疊出同字情形者，然而孟郊詩同字之連用，卻不若韓詩之痕跡顯然，良以孟郊爲詩多爲一己情感之寫照，爲情以造文，不若韓愈爲文造情之刻意。〔註2〕此如其〈結愛〉一詩：

> 心心復心心，結愛務在深。一度欲離別，千迴結衣襟。結妾獨守志，結君早歸意。始知結衣裳，不如結心腸。坐結行亦

〔註2〕顏先生崑陽：「〈南山〉詩作於唐憲宗元和元年，時韓愈由江陵法曹召拜國子博士，年三十九歲。這時，韓愈正當壯年，且值升遷之際，心境想必頗爲朗暢。所以此詩完全是馳騁才力的閒作，全詩一百有二韻中見不出絲毫寄慨。這一點也正是後人評擊他的南山詩可以不作的主因。」（〈從南山詩談韓愈山水詩的風格〉，見《古典文學論叢》頁28。漢光文化公司，1987年）。

結，結盡百年月。(卷一)

全詩五十字，下以五「心」字，九「結」字，卻不見有堆疊之病，反而見詩中女性堅貞纏綿之情意，感人至深。又如〈秋懷十五首之十四〉：

> 忍古不失古，失古志易摧。失古劍亦折，失古琴亦哀。夫子失古淚，當時落濰濰。詩老失古心，至今寒瞪瞪。古骨無濁肉，古衣如蘚苔。勸君勉忍古，忍古銷塵埃。(卷四)

詩中連下十一「古」字，而所云之「古」，參閱孟郊〈擇友〉詩：「古人形似獸，皆有大聖德。」(卷三)〈秋夕貧居述懷〉：「今交非古交，貧語聞皆輕。」(卷三)與〈弔元魯山十首之一〉：「君子恥新態，魯山與古終。」(卷十)則「古」之所指，在孟郊心中，或為至誠之德，或為守正不阿，不隨世俗浮沈之節操，皆為正面且崇高之意義，實為其心靈上之理想。而詩中一再重覆忍古不失古，實即呈現孟郊心中抱道不移的執著情操。再如〈弔盧殷十首之八〉一詩說：

> 前賢多哭酒，哭酒免哭心。後賢試銜之，哀至無不深。少年哭酒時，白髮亦以侵。老年哭酒時，聲韻隨生沈。寄言哭酒賓，勿作登封音。登封徒放聲，天地竟難尋。同人少相哭，異類多相號。始知禽獸癡，卻至天然高。(卷十)

「哭酒」者，良以詩人多憂傷之故。而詩中疊用七「哭」字，頗失溫柔含蓄，實為常人所不願輕試者，然此處用之，卻使詩人一己內心悲痛之情，具其感染力，致使讀者心中亦覺沈重，實為成功之作。

四、奇特的句式

明人胡震亨《唐音癸籤》卷四：

> 五字句以上二下三為脈，七字句以上四下三為脈，其恆也。有變五字句上三下二者，如元微之「庾公樓悵望，巴子國生涯。」孟郊「藏千尋布水，出十八高僧」之類。變七字句上三下四者，如韓退之「落以斧引以墨徽」，又「雖欲悔舌不可捫」之類。皆蹇吃不足多學。

又引《詩法源流》說：

> 只此五、七字疊成句，萬變無窮，如人面只眼耳口鼻四爾，
> 不知如何位置來無一相肖者。詩人工巧，眞侔造化哉！

五言詩之句式向以「上二下三」爲「常格」，至於「上三下二」則爲
「變格」，常格之韻律節奏較爲自然順暢，不若變格之蹇吃。此等句
式，中唐詩人多有爲之者，孟郊集中多五言之作，爲中唐五言古詩
大家，其於句式之變格，亦頗見用心，唯皆表現於五言，並不見諸
七言。東野集中，在句式上背反常格之作，多見上三下二之句式，
如：

> 喝道者誰子，叩商者何樂。（《韓昌黎詩繫年集釋》卷四〈納涼聯
> 句〉）
> 識音者謂誰。（卷一〈楚竹吟酬盧虔端公見和湘絃怨〉）
> 遊邀者是誰。（卷三〈寒地百姓吟〉）
> 以茲時比堯。（卷三〈晚雪吟〉）
> 三十六扇屛。（卷五〈生生亭〉）
> 三十六渡溪。（卷六〈鸂路溪行呈陸中丞〉）
> 婆羅門叫音。（卷九〈曉鶴〉）
> 放麑者是誰。（卷九〈子慶詩〉）
> 我不忍出廳。（卷九〈謝李輈再到〉）
> 胡爲乎泥中。（卷十〈弔江南老家人春梅〉）
> 得之者唯君。（卷十〈贈劍客李園聯句〉）

亦有上四下一者，如：

> 手把綠荷泣。（卷一〈楚怨〉）
> 花聞哭聲死，水爲別容新。（卷七〈答盧虔故園見寄〉）
> 一步一步乞，半片半片衣。（卷八〈送淡公十二首之十二〉）

另亦見上一下四之句式者，如：

> 吟巴山犖嶨，說楚波堆壘。（《韓昌黎詩繫年集釋》卷四〈會合聯
> 句〉）
> 太行犖巍峨，是天產不平。黃河奔濁浪，是天生不清。（卷三

〈自歎〉）

將明文在身，亦爾道所存。(卷六〈戲贈無本二首之二〉)

藏千尋布水，出十八高僧。(卷七〈懷南岳隱士之一〉)

飯不煮石喫，眉應似髮長。(卷七〈懷南岳隱士之二〉)

磨一片嵌巖，書千古光輝。(卷十〈弔盧殷十首之四〉)

昔陸龜蒙〈書李賀小傳後〉嘗云：

吾聞淫畋漁者，謂之暴天物，天物既不可暴，又可抉擿刻削，露其情狀乎？使自萌卵至於槁死，不能隱伏，天能不致罰耶？長吉天，東野窮，……正坐是哉。(《全唐文》卷八〇一)

孟郊詩在鍊字構意上，詩思鑱刻萬物，確是企求能侔於造化。然而由上舉諸例卻可知，郊詩在句式上之背反常式，如上三下二之句式，十二句中有六句爲「□□者□□」，另二句則前三字皆以「三十六」出之，頗爲刻板，云險則險矣，然而卻不多見別出心裁之作，實不足以稱工巧。

五、險韻與僻字之押用

王力《中國詩律研究》：

唐宋詩人用韻所根據的韻書是《切韻》或《唐韻》，凡韻書中註明「同用」的韻，就可以認爲同韻；到了元末，索性把同用的韻歸併起來，稍加變通，成爲一百零六個韻。這一百零六個韻就是後代所謂平水韻，也就是明清時代普通所謂「詩韻」。由此看來，若說唐宋詩人用韻是依照平水韻的，雖然在歷史上說不過去，而在韻部上卻大致不差。(頁四一、四二)

因此今日欲探討孟郊詩用韻之情形，實可以平水韻爲依據。《詩韻》中有韻一百又六，其中平聲韻有三十個，因各韻包含之字數多寡不一，故可略分爲四類，即寬韻、中韻、窄韻、險韻。寬韻因字數多，寫作時得以自由從容，窄韻、險韻則因字數少，難免令人窘困，如「微」、「文」、「刪」、「青」、「蒸」、「覃」、「鹽」皆爲窄韻，而「江」、

「佳」、「肴」、「咸」則爲險韻。〔註3〕詩人押韻多求其自然，以臻穩當妥貼，而避免押冷僻之險韻，以免艱澀，然而中唐「韓孟詩派」詩人，卻屢以不常見之艱僻字爲韻，驚警險峻，卻又能化艱僻爲平妥，不露湊韻痕跡。衍及宋代，詩人亦多有藉押險韻以炫奇，如蘇東坡〈雪後書北臺壁〉與〈謝人見和前篇〉詩，皆以「尖」、「叉」字爲韻，即爲用險韻之著例。

　　孟郊詩皆古體，集中不見近體律詩，古體詩之用韻，以用本韻較爲常見，本韻之古風在唐人之古體詩中，大約可佔過半數。而其中平韻之古風，當其押用本韻時，所依照之韻部和近體詩完全相同，嚴格時，即使險韻亦不令其出韻。〔註4〕東野集中押用本韻之平聲韻詩，其中窄韻如用「微」韻者有二十三篇，「文」韻有十篇，「刪」韻有八篇，「青」韻有十一篇，「蒸」韻有六篇，「鹽」韻有一篇；險韻則有「江」韻二篇，「佳」韻三篇，「肴」韻一篇。〔註5〕孟郊詩五百餘篇，押用窄韻、險韻之作共計六十五篇，尚不計押用仄聲韻者，誠可謂嗜險。今舉其押用「鹽」韻之〈噴玉布〉一詩，以窺一斑：

　　　去塵咫尺步，山笑康樂巖。天開紫石屏，泉縷明月簾。仙凝刻削跡，靈綻雲霞纖。悅聞若有待，瞥見終無厭。俗玩詎能近，道嬉方可淹。踏著不死機，欲歸多浮嫌。古醉今忽醒，今求古仍潛。古今相共失，語默兩難恬。贈君噴玉布，一濯高漸漸。（卷九）

詩中除第二句「巖」字屬「咸」韻外，餘如「簾」、「纖」、「厭」、「淹」、「嫌」、「潛」、「恬」、「漸」均屬「鹽」韻。

　　施補華《峴傭說詩》說：「韓、孟聯句，字字生造，爲古來所未有。」朱子也說：「韓詩平易，孟郊喫了飽飯，思量別人不到處。聯句中被他牽得亦著如此做。」（《韓愈資料彙編》頁四二四）韓、孟二

〔註3〕張師夢機《古典詩的形式結構》頁49。尚友出版社，1981年。
〔註4〕王力《中國詩律研究》頁316。文津出版社，1987年。
〔註5〕羅清能〈孟郊及其詩研究〉頁43至44。花蓮師專學報十三期。

人的確喜於聯句時爭奇鬥險、押冷僻險韻，如〈城南聯句〉：

> 桑蠖見虛指，穴貍聞鬭獰。
>
> 得雋蠅虎健，相殘雀豹趠。
>
> 賽饌木盤簇，妖靹藤索絣。
>
> 春游鞚霏靡，彩伴颯婪娛。
>
> 貌鑑清溢匣，眸光寒發硎。
>
> 鼻偷困淑郁，眼劓強盯瞤。
>
> 驚魂見蛇蚓，觸嗅值蝦螄。（見《韓昌黎詩繫年集釋》卷五）

所舉諸例，上聯爲韓愈所作，下聯押韻者，則爲孟郊所爲，而孟郊所押之「獰」、「趠」、「絣」、「娛」、「硎」、「瞤」、「螄」七韻，嚴虞惇曾指出並爲今韻所不載，（《韓昌黎詩繫年集釋》卷五集說引）其僻險可見。

　　除於詩中押用險韻外，孟郊尚頗喜於句中用僻冷之字，胡震亨曾說：

> 孟詩用字之奇者，如〈品松〉：「抓挐指爪膙。」膙，均也。〈寒溪〉：「柧楄吃無力。」柧，棱木，即觚。楄即笰。言畏寒，觚笰塞吃無力。〈峽哀〉：「踔搰猿相過。」踔，足躅也。犬食曰搰，借以狀猿之行。……「抱山冷殑殑。」殑殑，即兢兢。……幾成杜撰！（《唐音癸籤》卷二三）

胡氏所舉之例，實僅爲孟郊詩中之一部分，東野集中如此類用字者甚多，如：

> 碕岸漸破磳。（卷二〈寒江吟〉）
>
> 餓犬齚枯骨。（卷三〈偷詩〉）
>
> 眾誚瞋虩虩。（卷四〈懊惱〉）
>
> 哮嘐呻嗁冤。（卷五〈寒溪九溪之四〉）
>
> 箕舌虛齗齗。（卷五〈寒溪九溪之五〉）
>
> 忍將齚齘報幽魂。（卷十〈哭李丹員外並寄杜中丞〉）

而在韓、孟聯句詩中，則如〈征蜀聯句〉：

> 風旗帀地揚，雷鼓轟天殺。竹兵彼皴脆，鐵刃我鏘鍧。

　　生獰競掣跌，瘙突爭塡軋。渴闞信屨呹，噉姦何噢嘈。
飛猱無整陣，翩鵲有邪敻。江倒沸鯨鯢，山搖潰猵狚。
強晴死不閼，獷眼困逾眇。爇壎焗歔燨，抉門呀拗闔。……
跧梁排郁縮，閡竇揳窳窣。迫脅聞雜驅，咿呦叫冤鼬。
漢棧罷囂闐，獠江息澎汃。戌寒絕朝乘，刀暗歇宵謍。（見《韓
昌黎詩繫年集釋》卷五）

此類詩篇中之用字，可謂僻搜巧鍊，艱深費解，雖然險入十二萬分，
卻多病於太刻意，往往不睹作者情意。雖云僻字之使用，可避凡熟，
兼顯一己才學，然輒使詩意流入晦澀，甚而損及詩之風味，實得不償
失。因此孟郊詩奇險之佳處，多在於有眞情實感爲基礎，而藉諸尋常
詞彙以見奇思，或藉諸鍊字工夫以出奇想者，並非如此類刻意在句
式、押韻或僻字之使用上爲文造情之作。

第二節　孟郊奇險作品之題材類型

　　由於孟郊去世時，其友人並未將其詩文著作予以編集，因此其
作品頗有散佚，宋代《崇文總目》著錄：「孟郊詩五卷。」顯然並非
全書。北宋人宋敏求編輯唐集甚多，今傳十卷本之孟郊詩集亦由其搜
集編綴方爲定本。宋氏說：

　　東野詩，世傳汴吳鏜本五卷，一百二十四篇。周安惠本十卷，
　　三百三十一篇。別本五卷，三百四十篇。蜀人寒濬用退之贈
　　郊句纂《咸池集》二卷，一百八十篇。自餘不爲編秩，雜錄
　　之，家家自異。今總括遺逸，摘去重複，若體制不類者，得
　　五百一十一篇，釐別樂府、感興、詠懷、遊適、居處、行役、
　　紀贈、懷寄、酬答、送別、詠物、雜題、哀傷、聯句十四種，
　　又以讚書二繫於後，合十卷。〔註6〕

從此段敘述中，可知宋初孟郊詩集雖然有刻本，卻頗爲混亂，不但
卷數不一，所收篇數多寡亦多不同。端賴宋敏求將之統編，分爲十

────────────────

〔註6〕轉引自萬曼《唐集敘錄》頁215。北京中華書局，1980年。

四類，合成十卷，方使孟郊詩集有一較爲完善的本子，因此，日後
所傳東野詩集，皆以宋氏編本爲祖本。

　　舊編孟郊詩集，如陳延傑氏之《孟東野詩注》，與華忱之的《孟
東野詩集》，皆據詩篇之內容或體裁，予以區分如宋氏所編之十四類，
此十四類與書中之分卷並不一致，如卷一爲「樂府上」，卷二卻標「樂
府下」與「感興上」，而卷七則有「懷寄」、「酬答」、「送別上」、「送
別下」三類，其中「送別下」又延至卷八。依內容或體裁將詩篇予以
分門別類，固有其檢閱上之便利，惟舊日東野集之分類，其體例並非
嚴謹，故頗可疵議。首先是所分之十四類，或依內容，或依體裁，即
不一致。其次則是據內容以區分，亦無定準。如卷九「雜題」一類之
〈答友人贈炭〉詩，即應入於卷七所設「酬答」一門；〈溧陽秋霽〉
一詩則應歸於卷三「詠懷」一類。而「感興」、「詠懷」兩類之區分亦
不知何據。如卷二「感興上」一類中的〈臥病〉、〈感懷八首〉，與卷
三「感興下」的〈老恨〉、〈夜憂〉入於「詠懷」一類，或「詠懷」一
類中的〈夜感自遣〉、〈秋懷十五首〉入於「感興」之中又有何不可？
至於「居處」一類所收多爲題贈之作，尤爲紛亂體例。

　　爲了方便探討孟郊詩「奇險」的表現技巧與其題材類型的對應
性，因此，本節借重前人之分類，而在名目上稍事變更，略別爲「詠
懷」、「應酬」、「閑適」、「詠物」、「哀悼」五類。「詠懷」大致含原十
四類之「詠懷」、「感興」、「行役」、「懷寄」所收作品；「應酬」則概
括原來的「紀贈」、「酬答」、「送別」、「聯句」四類；「閑適」大致併
合原十四類之「遊適」、「居處」諸作；「詠物」、「哀悼」二類則仍其
舊。另十四類中「雜題」一門，依其內容廁入各類，而原來東野集中
的「樂府」一類所收作品，本文則多數歸入「詠懷」。蓋唐代樂府，
如胡震亨《唐音癸籤》卷一所說：

　　　　樂府內又有往題、新題之別。往題者，漢、魏以下，陳、隋
　　　　以上樂府古題，唐人所擬作也；新題者，古樂府所無，唐人
　　　　新製爲樂府題者也。

胡氏說明唐代樂府詩有「古題」、「新題」之分。「新題」爲自唐世始有之題,「即事名篇,無復依傍」,內容固皆爲詩人一己感諷抒懷之作。至於古題樂府,則自漢末建安文人採漢樂府舊調舊題寫作時事後,即多有沿襲者,雖採古題寫作,內容卻與古題不相關涉,且與古意亦無聯屬,而自爲「新意」,此固亦爲詩人個人諷詠胸懷之作。然而樂府詩之創作,亦有沿用古題以寫古意者,宋人強幼安即載唐子西語:

> 古樂府命題皆有主意,後之人用樂府爲題者,直當代其人而措詞,如〈公無渡河〉須作妻止其夫之詞。(《歷代詩話‧唐子西文錄》)

如此,則以古題寫古意之樂府詩實可謂命題之擬古詩,「沿襲古題,唱和重覆」,詩人不過是設身處境的代人爲辭,而不露一己胸臆,如同遊戲無爲之作。因此,清人劉熙載曾說:

> 樂府是代字訣,故須先得古人本意;然使不能自寓懷抱,又未免爲無病呻吟。(《藝概‧詩概》)

觀諸東野集中,樂府詩有八十四首,沿用樂府古題摹寫古意者有二十八首,而其中如〈灞上輕薄行〉、〈長安道〉、〈出門行二首〉、〈古樂府雜怨三首〉,[註7]等等,或爲持身方拙的白髮老翁;或爲獨泣於朱門

[註7] 〈灞上輕薄行〉:「長安無緩步,況值天景暮。相逢灞滻間,親戚不相顧。自歎方拙身,忽隨輕薄倫。常恐失所避,化爲車轍塵。此中生白髮,疾走亦未歇。」(卷一)

〈長安道〉:「胡風激秦樹,賤子風中泣。家家朱門開,得見不可入。長安十二衢,投樹鳥亦急。高閣何人家,笙簧正喧吸。」(卷一)

〈出門行二首〉:「長河悠悠去無極,百齡同此可歎息。秋風白露沾人衣,壯心凋落奪顏色。少年出門將訴誰,川無梁兮路無岐。一聞陌上苦寒奏,使我佇立驚且悲。君今得意厭梁肉,豈復念我貧賤時。」「海風蕭蕭天雨霜,窮愁獨坐夜何長。驅車舊憶太行險,始知遊子悲故鄉。美人相思隔天闕,長望雲端不可越。手持琅玕欲有贈,愛而不見心斷絕。」(卷一)

〈古樂府雜怨三首〉:「憶人莫至悲,至悲空自衰。寄人莫翦衣,翦衣未必歸。朝爲雙蒂花,暮爲四散飛。花落卻遠樹,遊子不顧期。」「天桃花清晨,遊女紅粉新。天桃花薄暮,遊女紅粉故。樹有百年花,人

外的貧賤士人；或爲羈旅他鄉，悲歎「我欲橫天無羽翰」的遊子，詩
中所擬代之主角，實處處可見詩人自己的影子。沈德潛：

> 唐人達樂者已少，其樂府題，不過借古人體制，寫自己胸臆
> 耳。(《唐詩別裁集》凡例)

所謂「借古人體制，寫自己胸臆」，實可爲孟郊創作樂府詩之的評，
是以舊編東野集中之「樂府」一類作品，本文多數歸諸「詠懷」。

據華忱之《孟東野詩集》，「樂府」、「感興」、「詠懷」、「行役」、
「懷寄」五類中的作品，計有二百零五首。〔註8〕而參較上節所舉「奇
險」諸詩例，此類詩作在表現上明顯涉於奇險者，則有卷一之〈烈女
操〉、〈長安羈旅行〉、〈長安道〉、〈古離別〉、〈歸信吟〉、〈苦寒吟〉、〈古
怨〉、〈邊城吟〉、〈弦歌行〉、〈楚竹吟酬盧虔端公見和湘絃怨〉、〈結愛〉，
卷二之〈織女辭〉、〈寒江吟〉、〈百憂〉、〈衰松〉、〈罪松〉、〈堯歌〉，
卷三之〈亂離〉、〈擇友〉、〈寒地百姓吟〉、〈酒德〉、〈秋夕貧居述懷〉，
卷四〈秋懷十五首〉之二、之三、之五、之七、之八、之十一、之十
三、之十四，卷六之〈鴉路溪行呈陸中呈〉、〈旅次湘沅有懷靈均〉、〈連
州吟三章〉，卷七之〈寄張籍〉(「夜鏡不照物，朝光何時昇」一首)。
與〈懷南岳隱士〉。以上除了〈楚竹吟酬盧虔端公見和湘絃怨〉一首
實屬應酬之作外，共有三十六首「奇險」之作屬於本文所立「詠懷」
一目。

而舊編「紀贈」、「酬答」、「送別」所收作品有一百一十一首，〔註
9〕同收入韓愈集中之聯句詩十一首，計一百二十二首。此類遊戲應酬
之作，如卷六之〈戲贈無本二首〉，卷七之〈答盧虔故園見寄〉、〈奉

〔註8〕無一定顏。花送人老盡，人悲花自閒。」「貧女鏡不明，寒花日少容。
暗蛩有虛織，短線無長縫。浪水不可照，狂夫不可從。浪水多散影，
狂夫多異蹤。持此一生薄，空成萬恨濃。」(卷一)

〔註8〕分別爲卷一〔樂府上〕五十四首，卷二〔樂府下〕十三首、〔感興
上〕三十六首，卷三〔感興下〕二十九首、〔詠懷上〕二十首，卷四
〔詠懷〕下十九首，卷六〔行役〕十六首，卷七〔懷寄〕十八首。

〔註9〕分別爲卷六〔紀贈〕三十三首，卷七〔酬答〕十二首、〔送別上〕十
三首、〔送別下〕四首，卷八〔送別下〕四十九首。

報翰林張舍人見遺之詩〉，卷八之〈送草書獻上人歸廬山〉、〈送淡公十二首之十二〉，計六首屬奇險之作，但若加入卷一之〈楚竹吟酬盧虔端公見和湘絃怨〉、卷九「雜題」之〈子慶詩〉、〈謝李輈再到〉與韓愈集中的聯句詩，則有二十首。

另「遊適」、「居處」之類，共八十二首。〔註10〕其中如卷四之〈招文士飲〉、〈遊終南山〉、〈石淙十首〉之三、之四，卷五之〈羅氏花下奉招陳侍御〉、〈生生亭〉、〈寒溪九首〉，在表現上有奇險之傾向，然而，〈羅氏花下奉招陳侍御〉應屬應酬之作，而〈寒溪〉則實為詠懷作品。

至於卷九「詠物」詩類有十四首，卷十「哀悼」一類則有五十七首，「詠物」之中，如〈曉鶴〉、〈酬鄭毗躑躅詠〉、〈品松〉、〈蜘蛛諷〉、〈蚊〉、〈燭蛾〉，與「哀悼」中的〈弔比干墓〉、〈李少府廳弔李元賓遺字〉、〈峽哀十首〉、〈杏殤九首之五〉皆涉奇險，惟〈峽哀十首〉應係詠懷之作。

由上述的粗略統計可知，東野集中「詠懷」一類作品最多，即使扣除舊編「樂府」一類，亦尚存一百三十八首，而且，實屬「詠懷」之作，卻歸入「雜題」與其它各類者尚復不少。而在「奇險」的創作表現上，或是詩思之「奇」，或是藉諸用字修辭以致「因險見奇」之作，亦是「詠懷」一類所佔篇數最多。此類「詠懷」作品，如舊編之「詠懷」、「感興」，為詩人因自身之際遇或外在的客觀事物，而興發其感觸，以抒詠一己之懷抱者。「行役」詩什，則因孟郊半生流離，飄泊不定，故所收多為詩人描寫行旅之見聞感觸，然而，孟郊多於其中抒發羈旅困頓與孤寂愁思之情，其內容時涉一己身世之感、家國百姓之悲。另「懷寄」一類，則懷念親友，遙寄相思，此類作品，或云「懷」、或云「憶」、或云「寄」，其中以「寄」為標題者，就其性質而言，雖近於「紀贈」、「酬答」一類的作品，然而詩

〔註10〕分別為卷四〔遊適上〕二十六首，卷五〔遊適下〕二十七首、〔居處〕二十九首。

人多因心中有所懷思而寄，故其內容以向友人述思憶、抒懷抱為主，實不同於一般酬贈類的遊戲敷衍之作。由此可知，本節歸入「詠懷」一類的孟郊作品，其創作動機與詩人的生活經驗實相當密切，而此類作品在表現上涉於「奇險」者亦最多，此足見孟郊奇險詩風之形成，與其生活內容息息相關，並非刻意去標新立異、為文造情，以作為開派目的之手段。

　　其次，「應酬」一類作品在東野集中，篇數僅次於「詠懷」，此應與唐人崇尚文學之社會性功用有關。唐代文人以詩干謁之風氣盛行，而在宴集飲餞時，詩歌常成為宴席上社交應酬的工具，具有其實用功能，故孟郊此類作品頗多。惟此類作品，多偏重在單字句式上用心，如〈奉報翰林張舍人見遺之詩〉的「百蟲『笑』秋律。」〈送淡公十二首之十二〉的「一步一步乞，半片半片衣。」〈楚竹吟酬盧虔端公見和湘絃怨〉的「識音者謂誰。」〈子慶詩〉的「放麝者是誰。」〈謝李翱再到〉的「我不忍出廳。」與聯句詩中和韓愈在窄韻僻字上的爭奇鬥險諸作，雖云字字生造，誠然思量到人不到處，卻是為文造情，鑿痕顯然，究非詩人吟詠性情之作。

　　而「遊適」、「居處」一類屬於「閑適」的作品，其內容多為寫遊賞見訪之樂與抒安居悠閑之情。由於此類作品，詩人在創作時心境較為平和，故奇險例最少，此似乎可說明孟郊「奇險」的創作表現，與其境遇之迍邅，和情感之矯激有一定程度的關聯性。另觀「詠物」作品中，其有所寄託諷喻者，如〈蜘蛛諷〉、〈蚊〉與〈燭蛾〉，多屬詞彙尋常，而詩思自然出奇者。至於純屬詠物之作，則其創作態度近於遊戲，故所作每多在字句上弄險，如〈曉鶴〉詩的「婆羅門叫音」，與〈品松〉的「擘裂風雨獰，抓挐指爪脂。」同於「應酬」類聯句詩中的遊戲文字之創作態度。「哀悼」類中的作品，似乎可畫入「應酬」，但此種傷逝情懷實不同於一般應酬文字，詩人每於詩中流露出其至性至情。此類作品如〈弔比干墓〉一詩疾言「佞是福身本，忠是喪己源」、「有骨不為土，應作直木根。」與〈杏殤九首之

五〉中的「踏地恐土痛」，其詩語之出人意想者，皆如信筆而出，發詠自然，並不如應酬、詠物一類作品，有明顯的錘鍊痕跡，此誠為「爲文造情」或「爲情造文」的不同創作態度有以致之。

第五章　孟郊及其作品在中唐奇險詩風中的地位與意義

第一節　孟郊在韓孟詩派中的地位

　　唐代詩歌史上，對於「韓孟詩派」的奇險詩風，向有何者為開山領袖之爭論。韓愈在中唐專力於古文運動，蘇東坡稱其「文起八代之衰。」（〈潮州修韓文公廟記〉，《蘇東坡全集》續集卷十二）。散文誠為其一生最大成就。而宋初，由於石介、歐陽修諸人的文章復古運動，推尊韓愈，遂亦以其散文之成就籠罩孟郊，如倡言「尊韓」的理學家石介即在〈上孫少傳書〉中說：

> 韓吏部則有皇甫湜、孟郊、張籍、李翱之徒，隨之而師，皆能授其師之道，傳無窮已。（《韓愈資料彙編》頁九三）

後世之詩評家如余成教《石園詩話》卷二說：

> 順宗時，孟郊、賈島、張籍、王建、李賀、盧仝、歐陽詹、劉叉俱從韓愈遊，謂之韓門詩派。

與方世舉《蘭叢詩話》說：

> 孟郊集截然兩格：未第以前，單抽一絲，裊繞成章。……及第後，變而入於昌黎一派，乃妙。且有昌黎所不及，比兩人〈秋懷〉可知也。

於事實皆未詳考,而將孟郊視爲「韓門弟子」,其說法實即源自石介。
而如方氏以爲孟郊及第後,其詩才「變而入於昌黎一派」,此與劉邠
《中山詩話》所記載:

> 東野與退之聯句詩,宏壯博辯,若不出一手。王深父云:「退
> 之容有潤色也。」

這種說法皆由於尊韓,而在批評時不公平的將孟郊矮化掉,誠爲無根
之臆說。

黃庭堅即曾反駁:「退之安能潤色東野,若東野潤色退之,即有
此理也。」〔註1〕其說與王深父之論,殆亦後世韓、孟孰優孰劣爭論
的肇端。

考之於唐人的論述,韓愈詩文在唐人的評價中,實不如宋世之
等量齊觀。

如唐人趙璘《因話錄》卷三說:

> 韓文公與孟東野友善。韓公文至高,孟長於五言,時號孟詩
> 韓筆。(《韓愈資料彙編》頁四三)

與杜牧〈讀韓杜集〉一詩說:

> 杜詩韓集愁來讀,似倩麻姑癢處抓。(《全唐詩》卷五二一)

或說「孟詩韓筆」,或云「杜詩韓集」,皆著重在稱許其能文,至於詩
歌成就,則推崇杜甫,甚或將之讓於孟郊。而且,李肇於其《國史補》
卷下亦曾記載:

> 元和已後,爲文筆則學奇詭於韓愈,學苦澀於樊宗師;歌行
> 則學流蕩於張籍;詩章則學矯激於孟郊,學淺切於白居易,
> 學淫靡於元稹;俱名爲元和體。

可知韓愈雖以奇詭之「文筆」稱名當時,至於其詩,則在晚唐不但
不如元、白之名噪一時,甚至亦不如其友人孟郊及「弟子」張籍之

〔註 1〕呂本中《童蒙詩訓》:「徐師川問山谷云:『人言退之、東野聯句,大
勝東野平日所作,恐是退之有所潤色。』山谷云:『退之安能潤色東
野,若東野潤色退之,即有此理也。』」(《宋詩話輯佚》頁 588,華
正出版社,1981 年)。

有影響。因此唐末張爲撰《詩人主客圖》時，才以白居易爲「廣大教化主」，孟雲卿爲「高古奧逸主」，李益爲「清奇雅正主」，孟郊爲「清奇僻苦主」，鮑溶爲「博解宏拔主」，武元衡爲「瓌奇美麗主」，而大名鼎鼎的韓愈卻不與焉。

　　清人葉燮《原詩・內篇》：

　　　韓愈爲唐詩之一大變，其力大，其思雄，崛起特爲鼻祖。宋
　　　之蘇、梅、歐、蘇、王、黃，皆愈爲之發其端，可謂極盛。

韓愈詩歌之廣受重視，實始於宋代。蓋宋人推重其散文，遂亦注意及其詩中多賦體、好議論、多散文句的奇險表現，故「以文爲詩」一詞即首由宋人提出。〔註2〕然而，若因韓文之成就，遂據之以云韓愈的奇險詩風在中唐亦爲獨創首闢之舉，而將孟郊以下諸子皆繫諸其門下爲「弟子」，此則誠有其誤。

　　首先，就年輩而言，孟郊實長韓愈十八歲，唐人記載中，如上引趙璘《因話錄》稱「韓文公與孟東野友善。」與稍後時隸五代的王定保《唐摭言》卷十：

　　　孟郊，字東野，工古風，詩名播天下，與李觀、韓退之爲友。

　　（《韓愈資料彙編》頁六四）

皆不以孟郊爲韓愈之「弟子」。《新唐書》卷一七六雖說當時後進士人，「經愈指授，皆稱『韓門弟子』」，卻也指明：

　　　其徒李翺、李漢、皇甫湜從而效之，遽不及遠甚。從愈游者，
　　　若孟郊、張籍，亦皆自名於時。

既「自名於時」，明非「韓門弟子」，故石介以孟郊爲韓愈門下，顯然並未深察，而後世卻多因循之。

　　其次，關於中唐奇險詩風的開闢者問題，如上所述，過去因爲韓愈在散文的成就上，確有其不可磨滅的地位，加以其詩歌戲定奇險

〔註2〕陳師道《後山詩話》引黃庭堅語：「杜之詩法，韓之文法也。詩文各
　　　有體，韓以文爲詩，杜以詩爲文，故不工爾。」（《歷代詩話》，漢京
　　　文化事業公司，1983年）。

之處下手，成就亦在孟郊之上，故批評者往往「順勢」而推韓愈爲開
山者。此如清人葉燮《原詩・內篇》說韓愈爲唐詩一大變，「崛起特
爲鼻祖」，與李重華《貞一齋說詩》：「詩家奧衍一派，開自昌黎。」
皆是因爲韓愈詩藝的高度成就，而推尊其爲奇險詩風的開山者。但
是，詩人在詩派群體中的創作成就，與詩風形成的歷史演進事實，似
乎不能混爲一談。

　　韓愈固然在詩作的總體成就上，足爲詩派中之「領袖」，但是觀
韓愈〈醉留東野〉一詩之自白：

> 低頭拜東野，願得終始如駏蛩。東野不迴頭，有如寸莛撞鉅
> 鐘。吾願身爲雲，東野變爲龍。四方上下逐東野，雖有離別
> 何由逢。（《韓昌黎詩繫年集釋》卷一）

對孟郊可謂推崇備至，黃庭堅以爲東野潤色退之之說，與朱子所云
韓、孟聯句詩，韓愈爲孟郊牽隨之論，並非無根之談。劉克莊曾說：

> 退之性喜玩侮，……盧仝、張籍之齒長矣，于盧則云：「先
> 生抱才終大用，宰相未許終不仕。」形容其迂闊不少貸。……
> 其於詩人中惟東野，文人中惟子厚，稍加敬焉。（《後村詩話》
> 前集卷一）

又對世人勢利韓愈，鄙薄東野的媚俗之論，反駁說：

> 退之以師道自任，自李翺、張籍、皇甫湜輩皆名之，惟推孟
> 郊，待以畏友，世謂謬敬，非也。……當舉世競趨浮豔之時，
> 雖豪傑不能自拔，孟生獨爲一種苦淡、不經人道之語，固退
> 之所深喜，何謬敬之有？（《後村詩話》後集卷一）

在奇險詩派中，後人多推重韓愈，然而，韓愈卻敬重孟郊如此，個中
緣由，恐怕不只是孟郊能「獨爲一種苦淡、不經人道之語」，因而被
韓愈引爲同志而已。事實上，後人在詩派中推重韓愈，主要是以韓愈
之詩藝成就爲著眼點，但是韓愈在詩派中尊敬孟郊，卻是因爲孟郊在
奇險詩風中的先導地位。

　　孟郊與韓愈之初次會面，是在德宗貞元七年秋天，孟郊往長安
應進士試時，當時孟郊四十一歲，韓愈則年方二十四。據前人以貞元

十四年，韓愈與孟郊共為〈遠遊聯句〉，詩作才初染「奇險」色彩之說，檢閱此一時期中現存的韓、孟二人詩什，可知其時孟郊詩作頗多，而其中如〈長安羈旅行〉、〈長安道〉、〈京山行〉、〈贈竟陵盧使君虔別〉、〈旅次湘沅有懷靈均〉、〈鴉路溪行呈陸中丞〉，等等，皆已在詩作的內容、想像或用字上流露出「奇險」的色彩。至於韓愈此時期的作品，則不僅數量較少，只有二十首，而且詩風稚嫩。

　　如貞元九年，韓愈所作的〈長安交游者一首贈孟郊〉與〈孟生詩〉，蔣抱玄即曾批評說：「意調大率淺露」、「頗不以險硬見能。」（《集釋》卷一集說引）足見上引韓愈作於貞元十四年的〈醉留東野〉一詩中，以孟郊為龍，自己為雲，而欲低頭拜之，四方上下追隨之，實出於當時對孟郊奇險詩風的欽仰。因此，雖然韓愈日後詩作之奇險處遠過於孟郊，可謂青出於藍而勝於藍，然而，作為其啟蒙者的孟郊，在詩派中的「開山」者地位，卻也是一項不容忽視的事實。而且，詩派中的另一詩人賈島，其早期詩風頗涉奇險，與韓愈、孟郊二人相知，對於孟郊尤為敬重，其〈投孟郊〉一詩曾說：

> 錄之孤燈前，猶恨百首終。一吟動狂機，萬疾辭頑躬。生平
> 面未交，永夕夢輒同。敘詰誰君師，詎言無吾宗。余求履其
> 跡，君曰可但攻。啜波腸易飽，掜險神難從。（《長江集》卷二）

對於孟郊的作品，可謂甚為拜服，賈島早期的奇險詩風固亦為孟郊所啟發。因此，孟郊詩的奇險作風，在中唐雖不似其後輩韓愈般，將之做為一項有自覺的創作、有目的的行動，卻已在無意中為其後輩詩人踏出一條「奇險」的羊腸小徑，則其蓽路藍縷的「先驅」者地位，實可當之而無愧。

第二節　孟郊詩在中唐奇險詩風中的意義

　　唐中期詩壇，「元白」與「韓孟」兩大詩派屹然並立，「元白」一派由於新樂府運動，著重詩歌之諷諭內容，詩語往往流於淺俗，其

政治諷諭詩作,雖然能反映一時現象,惟時過境遷,輒易失去其藝術性。因此,相較之下,重視「陳言務去」的「韓孟詩派」,因為在語言藝術方面的努力,避免了詩歌往淺易、油滑一途發展的不良趨勢,便更顯得有其意義。

其中,詩派的「領袖」韓愈,與「開山」者孟郊,二人在世時相知相惜,觀韓愈〈醉留東野〉一詩:「昔年因讀李白杜甫詩,長恨二人不相從。吾與東野生並世,如何復躡二子蹤。」二賢並無比長較短之心,而且也同在奇險詩風中有其高度之成就。不過,由於二位詩人在創作時的態度上有所不同,因此「同中有異」,在共同的奇險風格下,二人又各具面目。

如孟郊為人好古,以「雅正」為詩歌創作準繩,其詩歌之整體風格可謂「奇險而古」。「古」為質樸,此如其〈寒地百姓吟〉一詩:

> 無火炙地眠,半夜皆立號。冷箭何處來?棘針風騷勞。霜吹破四壁,苦痛不可逃。高堂搥鐘飲,到曉聞烹炮。寒者願為蛾,燒死彼華膏。華膏隔仙羅,虛遶千萬遭。到頭落地死,踏地為遊遨。遊遨者是誰?君子為鬱陶。(《孟東野集》卷三)

詩中所云「冷箭何處來,棘針風騷勞」、「寒者願為蛾,燒死彼華膏」之類,詩思甚奇,誇誕傳神。而「無火炙地眠,半夜皆立號」、「高堂搥鐘飲,到曉聞烹炮」、「遊遨者是誰,君子為鬱陶」之類,則又語言古樸,言質而意切,雖不假雕繪,卻自然凝重。

至於詩派中的領袖人物韓愈,其詩歌風格多樣,並不拘於後世所極稱的「奇險」一款,但是,其於詩史上的著名成就,卻正如其自期的「險語破鬼膽」、「文章倚豪橫」,(分見《韓昌黎詩繫年集釋》卷四〈醉贈張秘書〉、卷七〈東都遇春〉)。卒以「奇險而豪」的詩風為世所稱。「豪」為豪雄,若就語言的表現方面而言,即為不顧習慣的框縛,擺落格律之拘束,用字修辭不以細膩為意,而能表現一種陽剛努張的力感。譬如〈陸渾山火一首和皇甫湜用其韻〉,在構思想像上一味蒐奇抉怪,《唐宋詩醇》即曾說:

只是詠野燒耳，寫得如此天動地岐，憑空結撰，心花怒生。
（《集釋》卷六集說引）

而在用字修辭上，則如「山狂谷很」、「天跳地踔」、「神焦鬼爛」等語，皆生關獨造，前無所假，而光怪震蕩。趙執信《聲調譜》：

此篇各種句法俱備。然中有數句，雖是古體，止可用於柏梁。至於尋常古詩，斷不可用；轉韻尤不可用，用之則失調，當細辨之。如仄仄平平平平平，仄仄仄平平平平是也。又如平平平平仄平平，亦當酌用之。轉韻中不宜，以其乖於音節耳。

其所指出的「仄仄平平平平平」，即韓愈詩中的「命黑螭偵焚其元」；而「仄仄仄平平平平」，則為「溺厥邑囚之崑崙」一句；至於「平平平平仄平平」之例，如「時當玄冬澤乾源」、「熻欻煨煟孰飛奔」、「芙蓉披猖塞鮮繁」、「盍池波風肉陵屯」諸句皆是，雖失調乖節，卻亦見出韓愈為詩之擺落拘束。雖然此詩由於詩思想像過奇，僻字晦詞層疊不窮，時或阻礙詩作情思之表達，明人瞿佑於此即曾說：

昌黎陸渾山火詩，造語險怪，初讀殆不可曉。……題云和皇甫湜韻，……此篇蓋戲效其體，而過之遠甚。（《歸田詩話》卷上）

趙翼亦批評說：

〈陸渾山火〉之「盍池波風肉陵屯」、「電光礰磻頳目瞠。」此等詞句，徒聱牙轕舌，而實無意義，未免英雄欺人耳。（《甌北詩話》卷三）

然而，詩中如「鴉鴟鵰鷹雉鵠鶬，熻欻煨煟孰飛奔」二句，（卷一）前句全是飛禽名詞，而後句則全為動詞，雖構思奇詭，擇字險僻，但藉由此種共類詞的一氣串用，在語氣與內容的表現上，皆造成一種緊張急迫的氣勢，確也能在棘口蹇吃的僻字晦詞中，成功的表現出人意想的詭怪詩思。惟韓愈此類奇險作品，若只就語言方面的表現技巧以批評，固然成就甚大，然而，一旦將作品語言的表現技巧及其所表達的情思內容牽連在一起，以作為評價的標準時，則韓詩奇險處未免時露刻意痕跡，詩中往往無深刻內容，為文而文，而流於遊戲。此如上

引瞿佑評語，即指出韓愈〈陸渾山火〉一詩為「戲效」之作，趙翼亦以為詩中一些奇險詞句「實無意義」，朱彝尊則說：「止是競奇，無甚風致。」（《集釋》卷六集說引）至於程學恂也曾訶責說：

> 張籍責公好與人為駁雜無實之談，公曰：「吾以為戲耳，何害於道哉？」……吾謂即公之文章中，或亦不盡免，此即〈陸渾山火〉等篇，非駁雜無實之談哉？

韓愈畢生致力於散文，現存詩作雖多，然而，其為詩之態度誠如〈和席八十二韻〉一詩中之自白：「餘事作詩人。」（《韓昌黎詩繫年釋》卷九）詩歌實僅為其一椿「餘事」而已，而其從事此一「餘事」之態度，則又頗受其為文之影響。韓愈詩歌的奇險，由其詩文中所透露出的創作主張觀之，實是明顯的有意為之，如〈答劉正夫書〉一文：

> 夫百物朝夕所見者，人皆不注視也，及睹其異者，則共觀而言之。夫文豈異於是乎？……若皆與世浮沈，不自樹立，雖不為當時所怪，亦必無後世之傳也。足下家中百物皆賴而用也，然其所珍愛者，必非常物。夫君子之於文，豈異於是乎？……不用文則已，用則必尚其能者，能者非他，能自樹立，不因循者是也。（《韓昌黎文集》卷三）

以為為文不作異則不能「自樹立」，其刻意好奇的創作態度是相當明顯的。又〈南陽樊紹述墓誌銘〉：

> 曰：多矣哉，古未嘗有也。然而必出於己，不蹈前人一言一句，又何其難也。……惟古於詞，必己出。降而不能乃剽賊。
> （《文集》卷七）

一再強調「詞必己出」，與〈答李翊書〉中所說「惟陳言之務去。」（《文集》卷二）皆可見其自覺的「標新」創作態度。而〈送窮文〉中說：「不專一能，怪怪奇奇。」（《文集》卷八）與〈調張籍〉一詩說：「我願生兩翅，捕逐出八荒。精誠忽交通，百怪入我腸。」（《集釋》卷九）並見韓愈在創作上刻意的「立異」主張。

　　韓愈詩之標新立異，不外於想像、內容的怪奇與用字、押韻的險僻。在想像與內容上，劉熙載《藝概·詩概》曾說：「昌黎詩往往

以醜為美。」所謂「醜」，或狀怪異之事物，或寫險惡之情景。如其
〈晝月〉一詩：

　　玉盌不磨著泥土，青天孔出白石補。兔入白藏蛙縮肚，桂樹
　　枯株女閉戶。（《集釋》卷二）

詩中用泥污之玉碗、蛙縮肚、桂木枯枝，以替代向來為詩人們所詠賞
的皎潔冰瑩之明月形象，擺落俗套，題材與詩思皆足以稱奇。而傳統
上詩人為詩，多避日常生活中不堪入人耳目之事物，然而韓愈之刻意
標新立異，固不僅以「蛙縮肚」一詞描寫晝月為滿足，其〈病中贈張
十八〉一詩，首句即說「中虛得暴下」，竟不避腹瀉情事，何焯即頗
不以為然的說：「以此為發端，自是累句。」（《集釋》卷一注引）又
如其〈譴瘧鬼〉一詩：

　　求食歐泄間，不知臭穢非。（卷三）

〈讀皇甫湜公安園池詩書其後二首之一〉說：

　　窮年枉智思，掎摭糞壤間。糞壤多污穢，豈有臧不臧？（卷
　　十）

亦皆見以嘔泄、糞污之物入詩。而在〈城南聯句〉（卷五）一詩中，「擺
幽尾交搒」一句寫獸類交尾；另「瘁肌遭蚝刺」寫毛蟲囓人；而「蔓
涎角出縮」則寫蝸牛吐涎，諸如此類，除見詩人詩思之大膽反常外，
亦足徵韓愈奇險詩作的「遊戲」心態。

　　另在景物的描寫上，韓愈固有直書即目，寫景清新之作如〈山
石〉者，然而，更常見竦人耳目之作，如〈永貞行〉詩中的險山惡水：

　　湖波連天日相騰，蠻俗生梗瘴癘蒸。江氛嶺祲昏若凝，一蛇
　　兩頭見未曾？怪鳥鳴喚令人憎，蠱蟲群飛夜撲燈。雄虺毒螫
　　墮股肱，食中置藥肝心崩。（卷三）

此外如〈劉生〉詩：

　　遂凌大江極東陬，洪濤春天禹穴幽。越女一笑三年留，南逾
　　橫嶺入炎洲。青鯨高磨波山浮，怪魅炫耀堆蛟虯。山猿謼譟
　　猩猩愁，毒氣爍體黃膏流。（卷二）

又〈縣齋有懷〉：

> 湖波翻日車，嶺石坼天罅。毒霧恆重晝，炎風每燒夏。雷威
> 固已加，颶勢仍相借。氣象杳難測，聲音吁可怕。（卷二）

所寫景物亦皆險惡醜陋，不見盛唐山水詩中幽謐悠閑的詩情。孟郊〈京
山行〉一詩：

> 眾蛇聚病馬，流血不得行。後路起夜色，前山聞虎聲。此時
> 遊子心，百尺風中旌。（《孟東野集》卷六）

此詩作於德宗貞元九年，當時詩人四十三歲時，二次落第，自長安出，
作湘楚之遊。詩中所寫景物無賞心悅目之美，亦無悠閑之情趣，只有
失意的詩人奔波謀生的艱難。此首與〈峽哀十首〉寫景皆甚為詭險，
然而，詩中實皆寓有詩人內心矯激不平的情感。而韓愈詩寫景雖亦奇
詭，但其布置有時似乎只是純為反常出奇。如〈南山〉詩，為其著名
的山水詩什，狀物窮態，翻空炫奇，詩中奇思險語層見疊出，顧嗣立
謂之「光怪陸離」，方世舉稱其「雄奇縱恣」，徐震則以為「合斯二語，
庶幾得之」。（《集釋》卷四集説引）然而，考〈南山〉一詩作於憲宗
元和元年，其時韓愈由江陵法曹召拜國子博士，年三十九，正當壯年，
且值升遷之際，心境應頗為朗暢，與上舉孟郊所作〈峽哀十首〉、〈京
山行〉時的際遇相較，〈南山〉詩之奇險，似乎便只是馳騁才力之閒
作。該詩一百有二韻中，未見絲毫寄慨，因此黃庭堅嘗說：

> 若論工巧，則〈北征〉不及〈南山〉；若書一代之事，以與
> 國風、雅、頌相為表裏，則〈北征〉不可無，而〈南山〉雖
> 不作未害也。（《宋詩話輯佚・潛溪詩眼》引）

〈南山〉詩明顯為韓愈刻意好奇之作，其價值似乎只能純就文學上的
藝術價值而論。朱子也曾批評韓愈說：

> 平生用力深處，終不離乎文字言語之工。（馬其昶《韓昌黎文集》
> 卷三〈與孟尚書書〉引）

又說：

> 今讀其書，則其出於詼諧、戲豫、放浪而無實者，自不為少。

（〈讀唐志〉，《韓愈資料彙編》引）。

所評諸語，雖皆指韓愈之散文，然如因刻意逞奇，流於惡劣，以致引起爭論的〈元和聖德〉詩，亦難免有「諂諛」、「戲豫」之病。詩中引起爭議的一段說：

> 婦女纍纍，啼哭拜叩。……解脫攣索，夾以砧斧。婉婉弱子，赤立傴僂。牽頭曳足，先斷腰膂。次及其徒，體骸撑拄。末乃取闖，駭汗如寫。揮刀紛紜，爭刌膾脯。（卷六）

詩中詳細描寫了憲宗元和初年，劉闢因叛唐被擒，全家被唐王朝野蠻屠戮的慘狀。蘇轍曾譏之云：「此李斯頌秦所不忍言！」鄙其無醞藉之致，殊失雅頌之體。而張栻則爲韓愈辯解：「正欲使各藩鎮聞之畏懼，不敢爲逆。」趙翼認爲：

> 二說皆非也。才人難得此等題以發抒筆力，既已遇之，肯不盡力摹寫，以暢其才思耶？此詩正爲此數語而作也。（《甌北詩話》卷三）

「此詩正爲此數語而作」，實一語道出韓愈在詩思內容方面，刻意逞奇鬥險的心態，而此種刻意逞奇之心態時或流於輕薄不近人情。孟郊詩思雖也有因過奇而近於詭怪者，然如哭弔之作未嘗不正經，但是觀韓愈〈孟東野失子〉詩說：

> 乃呼大靈龜，騎雲款天門。問天主下人，薄厚胡不均？天曰天地人，由來不相關。吾懸日與月，吾繫星與辰。日月相噬齧，星辰踣而顛。吾不女之罪，知非女由緣。……魚子滿母腹，一一欲誰憐。細腰不自乳，舉族長孤鰥。鴟梟啄母腦，母死子始翻。蝮蛇生子時，坼裂腸與肝。好子雖云好，未還恩與勤。惡子不可說，鴟梟蝮蛇然。有子且忽喜，無子固勿歎。……大靈頓頭受，即日以命還。地祇謂大靈，女往告其人。東野夜得夢，有夫玄衣巾。闖然入其戶，三稱天之言。用拜謝玄夫，收悲以歡忻。（卷六）

此詩因摯友「連產三子，不數日輒失之，幾老，念無後以悲」而作。（〈孟東野失子〉詩序）爲詩弔慰，其事既常且熟，並無奇的因素，

更無「奇」的必要，然而，韓愈卻編造一番上天入地，靈龜問訊、天帝以寬言相解、靈龜又托夢於孟郊的荒誕過程。朱彝尊評「魚子」句下四個比喻：「四喻奇詭」，汪琬則以爲「東野夜得夢」句爲「奇想」。（《集釋》卷六注引）其比喻果然奇詭，想像亦誠然出奇，然而弔慰之情幾許？整篇詩倒似只爲「魚子」句下數語而作！

除此之外，韓愈刻意求奇之作如〈感春四首之二〉：

> 皇天平分成四時，春氣漫誕最可悲。雜花糚林草蓋地，白日座上傾天維。蜂喧鳥咽留不得，紅萼萬片從風吹。豈如秋霜雖慘冽，摧落老物誰惜之？（《集釋》卷四）

自宋玉〈九辯〉云：「悲哉秋之爲氣也。」歷代詩人多悲秋之衰颯蕭瑟。然而，韓愈此詩卻一反陳調，以爲秋物老衰，摧落不足惜，不如爛漫嬌春中，片片飛紅從風滿天之可悲，可謂奇趣別出。清人顧嗣立《寒廳詩話》：

> 韓昌黎詩，句句有來歷，而能務去陳言者，全在於反用。如〈醉贈張秘書〉詩，本用稽紹鶴立雞群語，偏云「張籍學古淡，軒鶴避雞群。」〈縣齋有懷〉詩，本用向平婚嫁畢事，偏云「如今便可爾，何用畢婚嫁？」〈送文暢〉詩，本用老杜「每愁夜中自足蝎」句，偏云「照壁喜見蝎。」〈薦士〉詩，本用《漢書》「強弩之末不能入魯縞」語，偏云「強箭射魯縞。」〈嶽廟〉詩，本用謝靈運「猿鳴誠知曙」句，偏云「猿鳴鐘動不知曙。」此等不可枚舉。學詩者解得此秘，則臭腐化爲神奇矣。

韓愈藉著活用古人的典實，以使詩思出人意想者確有其過人之處，惟時或有違情悖理之語，如「照壁喜見蝎」句，只因南遷得以北歸，連見毒蝎亦喜，如此以醜爲美，刻意求奇，終嫌爲文造情，過於造作。

至於韓愈詩作在押韻上，歐陽修《六一詩話》曾讚歎說：

> 余獨愛其工於用韻也。蓋其得韻寬，則波瀾橫溢，泛入傍韻，乍還乍離，出入迴合，殆不可拘以常格，如〈此日足可惜〉之類是也。得韻窄，則不復旁出，而因難見巧，愈險愈奇，

如〈病中贈張十八〉之類是也。

所謂「得韻窄」，即韻部中可以入詩的字數較少，常人於此，易爲窘困，多盡量避之。然而，韓愈卻常故意以窄韻爲長詩，往往費盡心力，甚至不惜破壞詩中之和諧與情思的表達，而將僻澀不堪的字一一寫入。此如歐陽修所舉〈病中贈張十八〉一詩，韓愈即擇用險韻「江」韻，在全詩二十二韻中，若「逢」、「扛」、「摐」、「幢」、「杠」、「缸」、「釭」、「厖」、「肛」、「哤」、「瀧」、「嵕」、「樁」諸字即皆爲險僻之字。朱光潛〈詩與諧隱〉一文曾說：

> 韓愈和蘇軾的詩裏「趁韻」例最多，他們以爲韻壓得愈險，詩也就愈精工。……詩人駕馭媒介的能力愈大，遊戲的成分也就愈多。（《詩論》）

朱氏以爲韓愈此類奇險詩作，實僅爲賣弄駕馭文字媒介能力的「遊戲」而已。孟郊詩風雖也頗爲奇險，然如前文所述，其詩歌創作主張原是主「雅正」者，其詩之時露奇險之音，泰半緣其身世際遇之過於坎坷。其與韓愈共賦之聯句詩，雖亦不乏爲文造情的筆墨戲作，但集中更多的是如〈寒地百姓吟〉一類浸染詩人血淚的因情爲文作品。歐陽修《六一詩話》：

> 孟郊、賈島皆以詩窮至死，而平生尤自喜爲窮苦之句。孟有〈移居詩〉云：「借車載家具，家具少於車。」乃是都無一物耳。又〈謝人惠炭〉云：「暖得曲身成直身。」人謂非其身備嘗之，不能道此句也。

王若虛《滹南詩話》卷一亦云：

> 郊寒白俗，詩人類鄙薄之，然鄭厚評詩，荊公蘇黃輩曾不比數，而云樂天如柳陰春鶯，東野如草根秋蟲，皆造化中一妙，何哉？哀樂之眞，發乎情性，此詩之正理也。

「非其身備嘗之，不能道此句」、「哀樂之眞，發乎情性」，此實爲孟郊的奇險作品，在技巧上雖不如韓愈，卻較韓愈感人的原因所在。比觀蘇東坡評柳宗元詩，說：

> 退之豪放奇險則過之，而溫麗情深不及也。（《韓愈資料彙編》

頁一五○）

與王夫之《薑齋詩話》卷下所論：

> 若但於句求巧，則性情先爲外蕩，生意索然矣。……若韓退
> 之以險韻、奇字、古句、方言矜其餖飣之巧，巧誠巧矣，而
> 於心情興會，一無所涉，適可爲酒令而已。

可知奇險詩派詩人爲詩，雖講究技巧，著重語言藝術的革新，在詩歌
的發展上固然有其貢獻，但奇險作品的靈魂畢竟仍在作者的眞情實
感，其能引起讀者的共鳴與否，亦繫之於此。若只一味在文字上求功
力與技巧，或以文辭之淹博艱澀自矜，則失去文學創作之意義。而「韓
孟詩派」兩位最重要的詩人中，孟郊在抒情感人的文學創作意義上，
似乎要高於「領袖」韓愈一籌。

　　至於在「韓孟詩派」中，另一位與孟郊齊名的詩人賈島，其早
期詩風頗受韓愈、孟郊之影響，習染韓、孟古體之風，構思亦頗涉怪
奇。後期則詩風趨向平淡，詩歌體裁也轉以五律自成一家，其中尚且
有排律之作，而不像孟郊以五古爲主。因此，對於韓愈所說：

> 無本於爲文，身大不及膽。我嘗示之難，勇往無不敢。蛟龍
> 弄角牙，造次欲手攬。眾鬼囚大幽，下覷襲玄窞。天陽熙四
> 海，注視首不鎮。鯨鵬相摩窣，兩舉快一啖。……狂詞肆滂
> 葩，低昂見舒慘。姦窮怪變得，往往造平淡。（〈送無本師歸范
> 陽〉，《韓昌黎詩繫年集釋》卷七）。

或孟郊〈戲贈無本二首之二〉一詩：

> 文章杳無底，斸掘誰能根。夢靈琴臛到，對我方與論。拾月
> 鯨口邊，何人免爲吞。燕僧擺造化，萬有隨手奔。（《孟東野詩
> 集》卷六）

評許其詩皆以「險」以「怪」，此應是就賈島詩的早期風格而言。

　　然而，賈島早期詩風雖涉「奇險」，爲詩雖也以「苦吟」著稱，
但是其「苦吟」主要是在於詩思想像上的奇特怪異，在用字修辭上雖
也有鍛鍊，卻往往歸於平淡，如孟、韓聯句時挖空心思的險僻用字並
不多見，因此，其詩在「韓孟詩派」的「奇險」詩風中，實是「奇」

多於「險」。

在詩思想像的出奇上，如其〈翫月〉一詩：

> 寒月破東北，賈生立西南。……眙瞑子細視，晴瞳桂枝劙。
> 目常有熱疾，久視無煩炎。(卷一)

患有眼疾的詩人，在清夜中賞月，視月既久，病眼不適，卻想像成被月裡傳說中的桂枝刺到。而眼既患有熱疾，寒月如冰，因此又想像說久視之可消減目炎之症。詩中想像實甚新奇。又如其〈攜新文詣張籍韓愈途中成〉：

> 袖有新成詩，欲見張韓老。青竹未生翼，一步萬里道。仰望
> 青冥天，雲雪壓我腦。失卻終南山，惆悵滿懷抱。安得西北
> 風，身願變蓬草。地祇聞此語，突出驚我倒。(卷二)

詩中首二句說袖懷新作，欲前往請教張籍、韓愈二人，第三句則反用葛洪《神仙傳》中，仙人介象使人騎竹杖買蜀薑之事，五至八句詩意平平。及「安得西北風，身願變爲草」，則詩人道里艱辛惆悵滿懷之餘，突發奇想，說願身化爲蓬草，乘風飛去。而末二句「地祇聞此語，突出驚我倒」，詩語尤怪異突兀，陳延傑《賈島詩註》卷二即說：

> 言急欲見張、韓，故作此驚人之筆，其實地祇亦何預人事也，
> 長江詩苦怪多此類。

雖然爲「韓孟詩派」中的一員，但是賈島詩想像奇詭者，與他人相較，實不多見，而且多出現在片言隻語之中，除上舉之外，其較著者尚有：

> 別腸多鬱紆，豈能肥肌膚。(〈寄遠〉，卷一)。
>
> 所餐類病馬，動影似移嶽。(〈齋中〉，卷一)。
>
> 借得孤鶴騎，高近金烏飛。……天中鶴路直，天盡鶴一息。
> (〈遊仙〉，卷一)。
>
> 鬢邊雖有絲，不堪織寒衣。(〈客喜〉，卷一)。
>
> 雙履與誰逐，一尋青瘦邛。(〈延壽里精舍寓居〉，卷一)。
>
> 寫留行道影，焚卻坐禪身。(〈哭柏巖和尚〉，卷三)。
>
> 白石通宵煮，寒泉盡日春。(〈山中道士〉，卷三)。
>
> 獨行潭底影，數息樹邊身。(〈送無可上人〉，卷三)。

長江人釣月。(〈寄朱錫珪〉，卷七)。

瀑流蓮岳頂，河注華山根。(〈馬戴居華山因寄〉，卷七)。

其想像雖說出人意表，然而，與孟郊詩藉由主觀的構作，扭曲經驗世界的物象，於奇詭的心靈圖景中寄寓一己亂世悲憤之情不同；與李賀詩中常藉著超現實的「牛鬼蛇神、虛荒誕幻」的神異氛圍，以抒寫自己內心之積鬱與渴求的美好幻想更不類。賈島詩所寫多半是日常可近的尋常事物，而出之以白描手法，其想像雖有誇張處，但是詩意平平，往往未見有何深慨。如「獨行潭底影，數息樹邊身」二句，想得出奇，卻無深意，但賈島竟自注：

二句三年得，一吟雙淚流。知音如不賞，歸臥故山秋。

使詩人感動至不勝唏噓的只是吟哦之辛苦，而其要求讀者欣賞的也只是兩句意義晦澀的句子而已。至於如「寫留行道影，焚卻坐禪身」二句，則又如歐陽修《六一詩話》所說：

詩人貪求好句，而理有不通，亦語病也。如賈島哭僧云：「寫留行道影，焚卻坐禪身。」時謂燒殺活和尚，此尤可笑也。

此則已是刻意好奇，而流於無理。綜觀《長江集》中的奇險作品，在「韓孟詩派」中，不惟作品比例較少，在表現上較平凡，在詩歌的內容思想上，亦較貧乏狹隘。像孟郊在〈峽哀十首〉中，那種矯激、悲觀的情感，如冰炭交戰於胸的矛盾心理，並不見諸賈島的作品中。因此，雖然同樣是奇險詩派中的苦吟詩人，孟郊為情而寫詩，詩中的情感飽滿充實，詩人已將自己的生命溶鑄入詩中，蘇軾評說：「詩從肺腑出，出輒愁肺腑」，此二語實可謂攝孟郊詩的精神。而閱《長江集》中近四百首詩作，酬贈、送別類的社交作品佔總數四分之一強，閑適、詠人、詠景、詠物之作品亦復不少，〔註3〕可知賈島雖苦心為詩，卻

〔註3〕據鄭紀真《賈島詩研究》(台灣師範大學國文學系，1992年碩士論文)第三章〈賈島詩的題材分類〉統計，賈島送別詩類計一百零八首，佔全部詩作的四分之一強，是其創作題材中最常見者；懷友詩類五十二首，約佔全部作品的百分之十三；酬贈詩類四十五首，約佔全部詩作的百分之十二；傷悼詩類八首，佔全部作品百分之二；閑適詩類五十

只是將自己的生命黏附於其上，為詩而寫詩而已。

　　奇險的風格，就其作為語言技巧而言，很容易流於為文而文之戲作，詩人只注重在作品中賣弄聰明，卻缺乏一己真實之性情，如韓、孟聯句詩即常蹈此病。因此，即使作品在語言技巧上奇險入十二萬分，其是否有存留價值，實仍繫於作品的靈魂，即其中是否有作者感人的真性實情，能夠引起讀者之共鳴。在「韓孟詩派」的奇險詩風中，能如孟郊在作品中有著真誠的感情、飽滿的血淚者，實不多見。

　　韓愈的奇險作品，已在上文述及，語言技巧上的成就雖大，其奇險處終嫌太過刻意，深情不足。而盧仝詩歌奇險處，亦同有過於刻意、為詩而詩之弊。觀其〈與馬異結交詩〉：

> 女媧本是伏羲婦，恐天怒，擣鍊五色石，引日月之針，五星之縷把天補。補了三日不肯歸婿家，走向日中放老鴉，月裏栽桂養蝦蟆。天公發怒化龍蛇，此龍此蛇得死病，神農合藥救死命。天怪神農黨龍蛇，罰神農為牛頭，令載元氣車，不知藥中有毒藥，藥殺元氣天不覺。（《全唐詩》卷三八八）

奇言怪語之甚，幾至詭誕不堪的地步，韓愈〈寄盧仝〉：

> 往年弄筆嘲同異，怪辭驚眾謗不已。近來自說尋坦塗，猶上虛空跨綠駬。（《集釋》卷七）

可知盧仝詩風之怪異，當時已多有不以為然者，後人責其「走入魔道」，〔註4〕固非無的放矢之論。同於此類遊戲之作尚有其奇險名作〈月

四首，約佔全部作品的百分之十四；感懷詩類四十首，約佔全部作品的百分之十；行旅詩類十六首，佔全部作品百分之四；人物詩二十五首，約佔全部作品的百分之六；詠景詩類二十四首，約佔全部詩作的百分之六；詠物詩類十八首，約佔全部作品的百分之五。

〔註4〕蘇雪林《唐詩概論》頁122：「由險怪而走入魔道者為盧仝、劉叉。」（台灣商務印書館，1988年）葉慶炳《中國文學史》上冊頁424：「盧仝之詩，如月蝕詩、與馬異結交詩等，無論詩句與所表現之思想，無不怪異萬分。為韓愈一派奇險詩歌發展至走火入魔階段之作品。」（台灣學生書局，1987年）

蝕〉詩，全詩長約一千七百字，韓愈曾有〈月蝕詩效玉川子作〉，名為效作，實為改寫。其中有句云：

> 癡牛與騃女，不肯勤農桑。徒勞含淫思，旦夕遙相望。(《全唐詩》卷三八七)

牽牛織女為天河所隔，不得聚會的傳說，歷來為人所同情，但盧仝此處卻刻意出奇。雖說孟郊在〈旅次湘沅有懷靈均〉一詩中，對眾所尊崇同情的屈原也有謗訕之言，然而，二者卻不能相提並論。畢竟孟郊當時二次落第，情感矯激，而且其持身乃以儒家忠孝思想為本，故在詩中切責屈原說「吟澤潔其身，忠節寧見輸？懷沙滅其性，孝行焉能俱？」其語並非無故而發。但是，盧仝此詩之作雖也有譏切「元和逆黨」之意（見辛文房《唐才子傳》卷五），其中借由東方青龍、南方赤鳥、西方白虎、北方玄龜以諷刺當時尸位素餐、貪婪膽怯的高官顯要之意猶有可說，但是驟以牽牛、織女二星入詩，而加以訶責，在全詩脈絡中卻頗為無謂，這四句似乎只是純為出奇而作，其奇險處顯得十分刻意。

盧仝刻意追求怪奇，在〈蕭宅二三子贈答詩二十首〉中，亦可窺之。所謂的「二三子」，實為盧仝客居揚州蕭姓友人宅第時的庭園諸物。詩中每一首的題目都是不尋常的，有客贈石、石讓竹、竹答客、石請客、客答石、石答竹、竹請客、客謝竹、石請客、客謝石、石再請客、客許石、井請客、客謝井、馬蘭請客、客請馬蘭、蛺蝶請客、客答蛺蝶、蝦蟆請客、客請蝦蟆。詩中運用擬人的手法，賦予蕭宅庭園諸物以人的生命，與詩人彼此問答，可謂異想天開，但是詩思雖怪奇有趣，其遊戲筆墨的態度卻也十分明顯。

「韓孟詩派」中，詩篇的寫法極似盧仝，藉著散文句式與怪異想像，寄寓諷刺之意者，有劉叉。劉叉〈自問〉詩說：「酒腸寬似海，詩膽大於天。」可謂其詩歌險怪風格之自評。葛立方《韻語陽秋》卷三：

> 〈冰柱〉、〈雪車〉二詩，雖作語奇怪，然議論皆出於正也。

其〈冰柱〉一詩，以冰柱入詩，在題材上如盧仝的〈月蝕〉詩一般，頗為新奇。詩中說：

> 簷間冰柱若削出交加。或低或昂，小大瑩潔，隨勢無等差。始疑玉龍下界來人世，齊向茅簷布爪牙。又疑漢高帝，西方未斬蛇。人不識，誰為當風杖莫邪。鏗鏘冰有韻，的皪玉無瑕。不為四時雨，徒於道路成泥耝。不為九江浪，徒為汨沒天之涯。不為雙井水，滿甌泛泛烹春茶。不為中山漿，清新馥鼻盈百車。不為池與沼，養魚種芰成霪霪。不為醴泉與甘露，使名異瑞世俗誇。特稟朝澈氣，潔然自許靡間其逶迤。森然氣結一千里，滴瀝聲沈十萬家。明也雖小，暗之大不可遮。勿被曲瓦，直下不能抑群邪。（《全唐詩》卷三九五）

詩句長短不一，用字淺易，而多議論，頗有以文為詩之傾向。詩中以冰柱為喻，抒寫一己懷才不遇的憤激之情，在描繪冰柱時，連下六個「不為」排句，語氣慷慨，胸中悒鬱之氣噴薄而出。蘇東坡曾於其險韻名作〈雪後北臺書壁二首〉說：「老病自嗟詩力退，空吟冰柱憶劉叉。」（《蘇東坡全集》前集卷六）對劉叉〈冰柱〉一詩的雄奇想像亦頗為歡賞。

至於〈雪車〉一詩，其主題在於抨擊時政，譏刺朝廷高官只會諂媚奉上，卻不問生民之疾苦，詩中說：

> 闃闃餓民凍欲死，死中猶被豺狼食。官軍初還城壘未完備，人家千里無煙火。……官家不知民餒寒，盡驅牛車盈道載屑玉。載載欲何之，祕藏深宮以禦炎酷。徒能自衛九重間，宣信車轍血，點點盡是農夫哭。刀兵殘喪後，滿野誰為載白骨？遠戍久乏糧，太倉誰為運紅粟？戎夫尚逆命，扁箱鹿角誰為敵？士夫困征討，買花載酒誰為適？天子端然少旁求，股肱耳目皆姦慝！依違用事佞上方，猶驅餓民運造化防暑阤。……相群相黨上下為蟊賊，廟堂食祿不自慚，我為斯民歎息還歎息！（《全唐詩》卷三九五）

白居易〈與元九書〉中，曾說其諷諭詩使權豪貴近與執政、握軍要者，

「相目而變色」、「扼腕切齒」，而劉叉此詩直斥九重，其議論嚴正大膽之處，元、白之作恐怕也要相顧失色。《韻語陽秋》卷三曾說：「〈冰柱〉、〈雪車〉二詩，作語奇怪」，此二詩用字皆相當平易，但在想像上則〈雪車〉並不如〈冰柱〉一詩出奇，惟其議論皆出於嚴正，非無謂之作。施補華《峴傭說詩》貶斥說：「劉叉、賈島，粗率荒陋，殊少可取，古之依草附木者也。」以偏概全，殊失公允。

　　劉叉、盧仝的詩在「韓孟詩派」的「奇險」詩風中，與賈島一樣，主要在於詩思想像方面的出奇，至於用字，則頗淺易，如盧仝甚至時涉村俚，並不如孟郊、韓愈之時見險僻。盧仝、劉叉在才力上不及孟、韓遠甚，《全唐詩話》卷二據劉叉〈冰柱〉、〈雪車〉二詩，以為出於盧仝、孟郊之右，居盧仝之上或許可信，至於因此二詩即說其才力出孟郊右，則恐怕亦有以偏概全之弊。惟在「韓孟詩派」中，劉叉實與孟郊一般，皆能在奇險的語言技巧中，寄其嚴肅之思想內容，而不刻意為奇險而奇險，徒為輕薄的筆墨之遊戲。

　　「韓孟詩派」最年青的詩人為李賀。最早評論李賀詩的杜牧曾說：

> 賀復探尋前事，所以深歎恨古今未嘗經道者，如〈金銅仙人辭漢歌〉，補梁庾肩吾宮體謠，求取情狀，離絕遠去筆墨畦逕間，亦殊不能知之。

李賀詩作，如杜牧所舉的〈金銅仙人辭漢歌〉，為新題新意之樂府詩，乃據《魏略》與《漢晉春秋》之史實與傳聞敷衍成篇，以魏明帝遷徙銅人之事件為詩作題材，誠為前代所無。而〈還自會稽歌〉，（按：即杜牧所舉「補梁庾肩吾宮體謠」）。據李賀之自序，則是因為不見庾肩吾在後梁淪敗以後的詩篇，所以設想其亡國之悲，而為之代作，「以補其悲」。的確是費心探尋前事，而以古今未嘗經道者入詩，由此皆可見詩人之好奇。

　　宋人周紫芝曾說：「李長吉語奇而入怪。」（〈古今諸家樂府序〉）「奇」與「怪」皆是就詩作的想像內容方面而言，「奇」之太甚則為

「怪」。孟郊、韓愈、賈島、盧仝、劉叉諸人詩作，多是取眼前情景，再出之以精思，故詩語雖奇怪卻仍是現實人間之所有。但是李賀卻不然，杜牧在序中有「牛鬼蛇神」、「虛荒誕幻」之語，前人亦多有以「妖」、「鬼才」、「鬼仙之詞」稱之，〔註5〕即因李賀頗好以非經驗世界所有之物寫作入詩，如〈蘇小小墓〉：

> 幽蘭露，如啼眼，無物結同心，煙花不堪剪。草如茵，松如蓋，風爲裳，水爲珮。油壁車，夕相待，冷翠燭，勞光彩。西陵下，風吹雨。（王琦《李長吉歌詩彙解》卷一）

蘇小小爲南齊時錢塘名妓，李賀之前，已有詠此名姝之作，如《玉臺新詠》即有〈錢塘蘇小小歌〉：「妾乘油壁車，郎騎青驄馬。何處結同心，西陵松柏下。」詩中所寫爲一人間之美女。而據李紳〈眞娘墓〉詩序：「嘉興縣前亦有吳妓人蘇小小墓，風雨之夕，或聞其上有歌吹之音。」（《全唐詩》卷四八二）可知唐代曾流傳著蘇小小的幽魂之說。李賀詩即據前人之作與傳說，描寫亡故後的蘇小小幽靈。詩中以草茵、松蓋、風裳與水珮，爲美人死後之服御，雖然去世已久，猶於日暮時分乘坐油壁車，在碧綠的磷火中，等待著昔日在西陵松柏下締結同心的情人，然而，年隔歲久，如今的西陵卻只有颯颯淒風吹著絲絲細雨。寥寥四十六個字，勾畫出一幅幽冷鬼境，宋人劉辰翁評此詩說：「古今鬼語無此慘澹盡情。」（《箋註評點李長吉歌詩》卷一）信非過譽。

　　在「韓孟詩派」中，如孟郊的〈峽哀十首〉與韓愈之〈南山〉詩，皆爲寫景的奇險名作，韓愈之作重在以理觀景，由南山的各種角度與面貌去觀察，以刻畫其形象，孟郊之作則以情觀景，詩中三峽淒苦的境象多爲詩人主觀心情的投射使然，其中如說「峽哀哭幽魂，噭

〔註5〕嚴羽《滄浪詩話‧詩評》：「人言太白仙才，長吉鬼才，不然。太白天仙之詞，長吉鬼仙之詞耳。」陸時雍《詩鏡總論》：「李賀其妖乎？非妖何以惑人？故鬼之有才者能妖，物之有靈者能妖。賀有異才，而不入於大道，惜乎其所之之迷也。」

嗷風吹來。」（之一）「幽怪窟穴語，飛聞胖釁流。」（之二）只是以幽靈鬼怪的哭泣、話語聲來比喻江流波響，至於陳延傑以爲「言鬼幽之境」的「樹根鎖枯棺，孤骨裹裹懸」（之三），恐怕也只是詩人據實描寫眼前所見的當地土著之葬喪習俗而已。但是李賀〈南山田中行〉雖亦寫景之作，詩中卻說：

> 秋野明，秋風白，塘水漻漻蟲嘖嘖。雲根苔蘚山上石，冷紅泣露嬌啼色。荒畦九月稻叉牙，蟄螢低飛隴徑斜。石脈水流泉滴沙，鬼燈如漆點松花。（卷二）

另其〈感諷五首之三〉亦曾描寫詩人眼中的南山：

> 南山何其悲，鬼雨灑空草。長安夜半秋，風前幾人老。低迷黃昏徑，裊裊青櫟道。月午樹立影，一山惟白曉。漆炬迎新人，幽壙螢擾擾。（卷二）

二詩所寫的南山景象實皆爲詩人的心靈圖景，但是其中陰詭的鬼幽之境，卻不同於孟郊只是比喻，而正是李賀詩作所欲以表現的意境。

再者，孟郊、李賀皆曾有描寫祭祀神祇、驅逐邪魅的詩作，孟郊之作如〈弦歌行〉：

> 驅儺擊鼓吹長笛，瘦鬼染面惟齒白。暗中崒崒拽茅鞭，倮足朱褌行戚戚，相顧笑聲衝庭燎，桃弧射矢時獨叫。（《孟東野詩集》卷一）

裸赤著腳，下著紅袴，而神情憂苦的染面瘦「鬼」，實爲人所喬裝，故孟郊此詩亦僅是客觀的描寫眼前所見的現實景象，至於李賀之作如〈神絃曲〉：

> 西山日沒東山昏，旋風吹馬馬踏雲。畫絃素管聲淺繁，花裙綷縩步秋塵。桂葉刷風桂墜子，青狸哭血寒狐死。古壁彩虯金帖尾，雨工騎入秋潭水。百年老鴞成木魅，笑聲碧火巢中起。（《彙解》卷四）

又〈神絃〉一詩說：

> 女巫澆酒雲滿空，玉爐炭火香鼕鼕。海神山鬼來座中，紙錢窸窣鳴颺風。相思木帖金舞鸞，攢蛾一噎重一彈。呼星召鬼

歆杯盤，山魅食時人森寒。(《彙解》卷四)

意象由真入幻，所寫不僅為眼前可感知之景物，更多為幻想中之幽冥世界的神異諸物，詩中充滿著陰晦森冷的氛圍，確是「哀艷荒怪、幽僻多鬼氣。」(施補華《峴傭說詩》)想像力貫透幽冥的世界，成為李賀在韓孟奇險詩派詩風中的特異風格。

昔日詩評家評及韓孟詩人，喜用「奇」、「險」與「奇險」諸語，本文「附錄」部分對於「奇」、「險」與「奇險」諸用語有所說明和區分，大致以思想內容之出人意想為「奇」，以用字修辭之不平順為「險」，而當出人意想的思想內容是藉由不尋常的用字修辭以表現時，則為「奇險」，此一「奇險」為一詞聯結構。王思任〈昌谷詩解序〉指出李賀詩在用字方面：

> 以其哀激之思，變為晦澀之調，喜用鬼字、泣字、死字、血字。

錢鍾書《談藝錄》也說：「長吉穿幽入仄，慘淡經營，都在修辭設色。」李賀詩語之出人意想者，確多與其用字修辭之艱險不可分，是以其詩多為「因險見奇」的「奇險」之作，此在上舉諸詩中已足以窺其一斑。此外如〈秦王飲酒〉詩：「羲和敲日玻璃聲。」(《彙解》卷一)因羲和馭日之傳說而生「敲」日發出玻璃聲之想，其想像雖超凡出俗，卻頗見雕琢費力。又如〈夢天〉一詩寫夢入月宮之情景，首句：「老兔寒蟾泣天色。」(《彙解》卷二)描寫月明如水的天色彷若為月中傳說的兔與蟾蜍「泣」濡而成，詩思雖甚奇，但是斧跡亦顯然。另如〈天上謠〉：「天河夜轉漂迴星，銀浦流雲學水聲。」(《彙解》卷二)則想像天上的銀河有水，故星星運轉如為河水所「漂」，行雲無聲，因想像其為銀河之水，故云「學」水聲，巧思出眾，但鍊字艱險。諸詩比喻皆甚為曲折，錢鍾書《談藝錄》曾說：

> 夫二物相似，故以此喻彼；然彼此相似，祗在一端，非為全體。苟全體相似，則物數雖二，物類則一；既屬同根，無須比擬。長吉乃往往以一端相似，推而及之於初不相似之他

端。……如〈天上謠〉云：「銀浦流雲學水聲。」雲可比水，
皆流動故，此外無似處；而一入長吉筆下，則雲如水流，亦
如水之流而有聲矣。〈秦王飲酒〉云：「羲和敲日玻璨聲。」
日比玻璨，皆光明故；而來長吉筆端，則日似玻璨光，亦必
具玻璨聲矣。同篇云：「劫灰飛盡古今平。」夫劫乃時間中
事，平乃空間中事；然劫既有灰，則時間亦如空間之可掃平
矣。他如〈詠懷〉之「春風吹鬢影」，〈自昌谷到洛後門〉之
「石澗凍波聲」，〈金銅仙人辭漢歌〉之「清淚如鉛水」，皆
類推而更進一層。古人病長吉好奇無理，不可解會，是蓋知
有木義而未識有鋸義耳。

韓愈在〈調張籍〉一詩中，曾以「捕逐八荒」、「百怪入腸」之語自期，
此數語用以形容李賀詩實甚為適當，而李賀〈高軒過〉一詩以「筆補
造化天無功」（《彙解》卷四）稱譽韓愈，此語若轉以形容詩人自己，
實亦當之無愧。在「韓孟詩派」的奇險詩風中，李賀年歲雖輕，得年
僅二十七，卻有著非常不平凡的成就。杜牧：

鯨呿鼇擲，牛鬼蛇神，不足為其虛荒誕幻也。蓋騷之苗裔，
理雖不及，辭或過之。

所謂「鯨呿鼇擲，牛鬼蛇神」與「虛荒誕幻」諸語，說明了李賀詩在
想像與內容方面的「奇」，至於「辭」過離騷之說，則指出了李賀詩
在修辭藝術上的傑出表現。宋人嚴羽也曾以「瑰詭」稱李賀詩，以為
「天地間自欠此體不得」，「瑰詭」二字實拈出了李賀詩的特色，即想
像「奇詭」而又字面「瑰麗」。惟其字面「瑰麗」之處，誠然遠勝於
盧仝、劉叉之淺俗與賈島的清淡，亦高出孟郊之質樸，但是范晞文《對
床夜語》卷二曾載陸游語：

賀詞如百家錦衲，五色炫耀，光奪眼目，使人不敢熟視，求
其補於用，無有也。杜牧之謂稍加以理，奴僕命騷可也，豈
亦惜其詞勝。

李東陽《麓堂詩話》也指出：

李長吉詩，字字句句欲傳世，顧過於劌鉥，無天真自然之趣，

通篇讀之，有山節藻梲而無梁棟，知其非大道也。

「過於劖刓，無天真自然之趣」實一語道出李賀奇險詩作的弊病所在，正如上文所說，李賀詩語之出人意想者，多與其用字修辭之艱險不可分，是以其詩多為「奇險」之作，亦即多見費力雕琢處。而在此點上，則李賀實不如孟郊詩能藉諸尋常詞彙，不見斧鑿痕跡的表現出奇詭的想像、內容，有其渾然天成之趣。至於好寫鬼幽神幻之境，雖說寄寓著一己世變無涯、年命短促的悲感，〔註6〕然其思想內容究不如孟郊詩作，雖也奇想出人，卻又不失其「正」。

在中唐的奇險詩風中，既能在語言技巧上表現得十分艱險，卻又能不徒流於筆墨之遊戲，而能在作品中含蘊著飽滿、深刻的真實情感；既有「因險見奇」的「奇險」作品，也能以尋常質樸的詞彙表達出奇詭的詩思想像者，其惟孟郊一人而已。此實為孟郊詩在中唐奇險詩風中，最有意義與價值之處。

〔註6〕見錢鍾書《談藝錄》，頁 58〈長吉年命之嗟〉。書林出版有限公司，1988 年。

第六章　結　論

　　孟郊生於天寶亂後政治紛擾、民生凋敝的唐代中期，蒿目時艱，出隱入世，懷抱著儒家濟世安天下的志向步入仕途，卻連遭兩次落第的打擊，及第後，則又淪爲酸寒一尉，無以施展一己胸懷之抱負。其一生困窮，奔波四方，衣食不贍，潦倒失意，而晚年喪子，以致絕嗣，孤苦以終。此種人生境遇之過分坎坷難堪，與其矯激憤世的褊狹性格，實爲其詩歌在語言藝術上步向奇險，而在思想、感情上流於寒蹇的最大因素，此比觀其應試長安前後之詩作，與及第後洛陽詮選前的作品，可明顯徵之。然而，屈原放逐，遂有離騷，所謂「詩三百篇，大抵賢聖發憤之所爲作。」（《史記‧太史公自序》）惟其歷盡人世難堪之境，故其作品中乃有著飽滿的血淚眞情，其奇險之筆、愁迫之調，絕非刻意造作而出，故東坡謂其「詩從肺腑出，出輒愁肺腑」，卒能使讀者讀之爲之不歡，而感人至深。惜過去之批評者，多拘於傳統「溫柔敦厚」的詩歌觀念，難以容忍其矯激迫促之音，無視其作品「哀樂之眞，發乎情性」，或嗤爲「寒蟲號」，或譏爲「蚯蚓竅中蒼蠅鳴」，（《石洲詩話》卷二）實亦貶之太甚。孟郊於貞元、元和年間，與韓愈、賈島、盧仝、劉叉諸人皆有交往，所爲詩甚爲諸人所欽仰。韓愈自言欲低頭拜之，（〈醉留東野〉）賈島則錄其詩百首，卻猶恨其少，而欲「求履其跡」，（〈投孟郊〉）至於盧仝亦在〈孟夫子生生亭賦〉中說：「予

小子戇朴，必不能濟夫子欲。嗟自慚承夫子而不失予兮，傳古道甚分明。」（《全唐詩》卷三八八）言談中對之亦甚爲恭敬。其詩歌創作在中唐詩壇上，既能一洗大歷浮靡庸弱之詩風，又能撐拒元、白詩鄙俚輕俗之流弊，而導「韓孟詩派」奇險詩風之先路，在詩歌史上雖非大家，卻自有其一番成就。而尤爲可貴者，爲其詩作雖涉奇險，卻非筆墨之遊戲，多爲因情不得已之作，而有著感人的深刻內容。衡諸「韓孟詩派」諸詩人，如韓愈之作雖在技巧上有著高度成就，惟其詩作若云奇險則誠然奇險矣，終嫌深情不足。

而與其齊名的賈島，詩風雖亦頗有奇險之處，然其曾爲僧徒，浸淫佛老，在性情上遠較孟郊要淡漠，無有雄心，顯見出世之思，故其詩歌多離現實，比諸以儒學爲宗，具有入世情懷，性情矯激、執著的孟郊，其詩作之奇險，即顯得只是爲詩而爲詩，因此如施補華《峴傭說詩》即批評說：「賈萬不及孟，孟堅賈脆，孟深賈淺故也。」所謂「淺」，殆即因其詩作之缺乏深刻的思想內容。至於盧仝、劉叉，詩風亦頗見奇險，然盧仝之病，在於過分刻意好奇，詩語亦嫌村俗。而劉叉奇險之作，頗見關懷現實之內容，然其爲人狂放不羈，就其現存的二十七首詩作觀之，並不見如孟郊奇險詩作中，那種激情、悲觀如冰炭交戰於胸，足以撼動人心的作品，反而在「韓孟詩派」年青的詩人李賀作品中，因其仕途溷阨與年命之思，頗可見之。李賀年歲雖晚於孟郊四十年，英年早逝，其詩歌在語言藝術上的成就，卻在賈島、盧仝、劉叉諸人之上，甚至出於孟郊之右，惟其在詩語上過於雕琢，失於自然，錢鍾書《談藝錄》即曾指出其好用代詞，不肯直說物名之病，如以「玉龍」稱劍，以「琥珀」稱酒，以「圓蒼」稱天，以「冷紅」稱秋花，以「寒綠」稱春草，等等，實頗失渾然天成之趣。

要之，孟郊奇險的詩風在中唐詩壇上，實既能補「元白」一派因新樂府運動，重詩歌之諷諭內容，而輕視語言藝術之短，又能在著重語言藝術的「韓孟詩派」中，使詩歌保有深厚的情感內容，不致於

流入爲奇險而奇險的筆墨遊戲。而在其染有奇險色彩的作品中，最可
貴者誠爲詞彙尋常質樸，自然而不費力，卻出人意想之作。至於其聯
句詩，則未免與人爭勝鬥巧，遊戲筆墨，其末流至競爲冷字僻句，強
押險韻，而斲傷性情，實失去文學創作的意義。

附錄 「奇險」評語之探析

一、關於中唐奇險詩派的評語

　　文學史上，對「韓孟詩派」詩人之詩風，皆習以「奇險」一語評稱，雖然未能確知此一評語始於何時，惟檢閱歷代詩家詩話、詩評之著作中，常見以「奇」、「險」、「怪」、「奇險」、「險怪」與「奇怪」等字眼評稱韓、孟詩派詩人的作品。舊日此類詩話、詩評著作，往往是印象式的批評，詩評家在片言隻語中，時能得其肯綮，然而，其弊在於主觀惟心，三言兩語，籠統概括，讀者頗難詳其意。如曾季貍《艇齋詩話》說：

　　　　李賀〈雁門太守行〉語奇。

牟願相《小澥草堂雜論詩》：

　　　　李長吉詩奇險，孟東野詩劌刻，皆鑿喪元氣之人，故郊貧而賀夭。

吳師道《吳禮部詩話》：

　　　　盧仝奇怪，賈島寒澀，自成一家。

謝榛則說：

　　　　白樂天正而不奇，李長吉奇而不正。（見毛先舒《詩辯坻》卷三）

以上諸評語皆如天外飛來，雖非初步印象云「好」云「妙」之渾沌，

卻仍然未能有所分析，而且缺乏具體作品佐觀，讀者乍睹之下，實不知所云，難怪毛先舒對謝榛所言，直斥爲「囈語」！

另有些詩評家，雖亦云「奇」云「險」，然因有所陳述，故讀者由其字裡行間，不難明其評語之所謂。至於詩集評注之類，則往往有具體作品可供推敲，因此，批評者評語之所指亦不難明白。但舊日此類詩評家，往往病於用字體例之不嚴謹，在實際批評時，或一意而雜用數詞以稱之，易見淆混；或一詞而游移於兩義之間，以致矛盾互見。

如宋代劉辰翁評點的《箋註評點李長吉歌詩》一書，卷一〈竹〉「織可承香汗」句下，評云「詠竹出此，故奇。」又〈雁門太守行〉一首，評首句「黑雲壓城城欲摧」云：「起語奇。」另如卷二〈馬詩二十三首之四〉，於「向前敲瘦骨，猶自帶銅聲」句下，亦評曰：「奇。」卷三〈感諷五首之五〉「山璺泣清漏」句下，評曰：「山璺二字亦奇。」此外，卷四〈苦篁調笑引〉，則於「當時黃帝上天時，二十三管咸相隨，唯留一管人間吹。無德不能得此管，此管沈埋虞舜祠」數句，以爲「以此寄興，甚奇。」又〈夜坐吟〉一首，以「簾外嚴霜皆倒飛」一句爲「奇語。」〈江南弄〉一首，則在「酒中倒臥南山綠」句下，評云：「無不奇絕。」書中類似之例，實不勝枚舉。而就上述所舉七例，推敲劉氏所用「奇」字之指涉，除〈感諷五首之五〉所云「奇」字之評語，偏指用字修辭方面外，其他有關「奇」字之批評，皆明顯著重就詩人作詩時，詩思上的出人意想而言，尤其於〈苦篁調笑引〉一首，以「寄興」云「奇」之評語最爲明顯。而且，卷二〈金銅仙人辭漢歌〉：

> 茂陵劉郎秋風客，夜聞馬嘶曉無跡。畫欄桂樹懸秋香，三十六宮土花碧。魏官牽車指千里，東關酸風射眸子。空將漢月出宮門，憶君清淚如鉛水。衰蘭送客咸陽道，天若有情天亦老。攜盤獨出月荒涼，渭城已遠波聲小。

劉辰翁評此詩說：

> 奇事奇語，不在言讀。至三十六宮土花碧，銅人淚墮已信。

銅人墮淚固是《漢晉春秋》所載之奇事，而「天若有情天亦老」一句，司馬光以爲「奇絕無對」，(《溫公續詩話》) 的確是李賀出人意想的奇語。

　　由上舉諸例中，已可知劉氏所云之「奇」，實有兩種指涉範圍，一是就詩思出人意想方面云「奇」，一則著重在詩作用字方面稱「奇」。

　　此外，劉氏評詩也常見下以「險」字者，如卷一〈秋來〉：

> 桐風驚心壯士苦，衰燈絡緯啼寒素。誰看青簡一編書，不遣花蟲粉空蠹。思牽今夜腸應直，雨冷香魂弔書客。秋墳鬼唱鮑家詩，恨血千年土中碧。

劉氏評說：

> 只秋夜讀書，自弔其苦，何其險語至此。

又卷二〈堂堂〉：

> 堂堂復堂堂，紅脫梅灰香。十年粉蠹生畫梁，饑蟲不食堆碎黃。蕙花已老桃葉長，禁院懸簾隔御光。華清源中礜石湯，徘徊白鳳隨君王。

劉氏評云：

> 堂堂復堂堂者，高明之怨也，然語意險澀，非久幽獨困，得之無聊，未足以知此。

此二詩與前例各詩，皆在詩作構思構意上有令人匪夷所思之處，但如〈秋來〉一首，其詩思之所以出奇，則另涉有用字問題，王思任〈李賀詩解序〉嘗云，此在下節中將會述及。但觀劉辰翁此處評語言下之意，卻是以爲詩人「只是」秋夜讀書，自傷境遇之困厄，思想實不必陰晦如此，與〈堂堂〉一詩似乎皆是著重就詩作思想內容上來說「險」。然而，「奇」、「險」二字在劉氏著作中雖未能明確釐清、使用，究皆同有指陳詩作構思構意之出人意想一面，而「奇」字雖另涉入用字修辭之問題，有兩層指涉，卻在「險」字只有一層指涉的情況下，尚不至於彼此互相矛盾。至於陳延傑氏之《孟東野詩注》與《賈島詩註》

二書則不然。

在《孟東野詩注》一書中，陳氏評以「奇險」字眼者，有七例。如：

〔例一〕

下一狗字，便奇險不平。(卷一〈烈女操〉「貞婦貴狗夫，捨生亦如此」句下)。

〔例二〕

首句奇險，言山留人也。(卷二〈堯歌二首之二〉「山色挽心肝，將歸盡日看」句下)。

〔例三〕

驅字奇險。(卷四〈遊終南山〉「長風驅松柏，聲拂萬壑清」句下)。

〔例四〕

此寫篙工敲冰之狀，光迸散如螢，又自奇險。(卷五〈寒溪九首之四〉「篙工磓玉星，一路隨迸螢」句下)。

〔例五〕

嘲詠以戰喻，峭病即所被金瘡，亦自奇險。(卷六〈戲贈無本二首之一〉「瘦僧臥冰凌，嘲詠含金瘡。金瘡非戰痕，峭病方在茲」句下)。

〔例六〕

譬語奇險。(卷十〈峽哀十首之五〉「峽亂鳴清磬，產石為鮮鱗。噴為腥雨涎，吹作黑井身」句下)。

〔例七〕

造句奇險。(卷十〈峽哀十首之八〉「峽棱剷日月，日月多摧輝」句下)。

由以上各例，仔細推敲陳氏「奇險」用語之所謂，則首例與第三例明顯就「狗」字與「驅」字說「奇險」，顯然偏重在詩句細部的「用字」、「鍊字」方面。若說陳氏意下以為該二例乃因「險」字而見「奇」意，則陳氏此處所云之「奇險」實為一詞聯，「奇」字與「險」字各有所指。然如例四、例五用字皆凡常，並無一「詩眼」可尋，而陳氏亦云「奇險」；至於例六更以「譬語」想像云「奇險」，則陳氏此處所云之

「奇險」，顯然應爲一合義複詞，並未如上例涉入「險」字問題，而只是籠統的指詩人詩思上的出人意想而已。如此，「奇險」一語在陳氏著作中，實亦未見其明確的釐清與使用。

除了「奇險」用語未明確外，「奇」字亦然。陳氏在《孟東野詩注》與《賈島詩註》二書中，有關於「奇」字評語之用例如下：

〔例一〕

長安十二衢，投樹烏亦急：「五字奇想，(按：投樹句)。非苦思不得。」(卷一〈長安道〉)

〔例二〕

春芳役雙眼，春色柔四支。楊柳織別愁，千條萬條絲：「役、柔、織，鍊字並生奇。」(卷一〈古離別〉)

〔例三〕

莫言短枝條，中有長相思：「寓意奇切。」(卷二〈折楊柳二首之一〉)

〔例四〕

寒江波浪凍，千里無平冰：「造語奇寒。」(卷二〈寒江吟〉)

〔例五〕

凍水有再浪，失飛有載騰。一言縱醜詞，萬響無善應。取鑒諒不遠，江水千萬層：「此以江水取鑒，亦奇想也。」(同上)

〔例六〕

計盡山河畫，意窮草木籌：「東野詩造言奇澀多此類。」(卷二〈百憂〉)

〔例七〕

面結口頭交，肚裏生荊棘：「言人心有刺也，五字奇想。」(卷三〈擇友〉)

〔例八〕

酒是古明鏡，輾開小人心：「東野爲詩善譬喻，杳然有奇想。」(卷三〈酒德〉)

〔例九〕

今交非古交，貧語聞皆輕：「貧語二字奇。」(卷三〈秋夕貧居述懷〉)

〔例十〕

病骨可剖物，酸呻亦成文。瘦攢如此枯，壯落隨西曛：「此言吟詩之苦，造語生奇。」(卷四〈秋懷十五首之五〉)

〔例十一〕

秋風兵甲聲：「五字奇想。」(同上，之八)。

〔例十二〕

忍古不失古，失古志易摧。失古劍亦折，失古琴亦哀。夫子失古淚，當時落漼漼。詩老失古心，至今寒瞠瞠。古骨無濁肉，古衣如蘚苔。勸君勉忍古，忍古銷塵埃：「忍古者，與古為徒也。此篇亦祇言懷，造語多奇崛。」(同上，之十四)。

〔例十三〕

眼在枝上春，落地成埃塵：「枝上春，花也。花落成塵，亦復悽愴。造語自奇。」(卷五〈羅氏花下奉招陳侍御〉)

〔例十四〕

波瀾凍為刀，剸割鳧與鷖：「造境寒苦，斯亦奇矣。」(卷五〈寒溪九首之三〉)

〔例十五〕

哀猿哭花死，子規裂客心：「花死者，花落也。用字極奇詭。」(卷六〈連州吟三章之一〉)

〔例十六〕

舊說天下山，半在黔中青。又聞天下泉，半落黔中鳴：「狀黔中山水，亦自奇絕。」(卷六〈贈黔府王中丞楚〉)

〔例十七〕

意恐被詩餓，欲住將底依：「詩餓二字奇。」(卷八〈送淡公十二首之十一〉)

〔例十八〕

有骨不為土，應作直木根：「創意奇詭矣。」(卷十〈弔比干墓〉)

(以上《孟東野詩注》)

〔例十九〕

　　眙眄子細視，睛瞳桂枝劖：「言細翫月，而月中桂枝刺目。
　　亦自生奇。」（卷一〈翫月〉）

〔例二十〕

　　白石通宵煮，寒泉盡日舂：「舂字奇，以喻泉聲。」（卷三〈山
　　中道士〉）

〔例二一〕

　　禪定石床暖，月移山樹秋：「李懷民曰二句皆奇。」（卷四〈贈
　　無懷禪師〉）

〔例二二〕

　　荒榭苔膠砌：「膠字比生字奇而有味。」（卷四〈題劉華書齋〉）

〔例二三〕

　　長江人釣月：「釣月亦生奇。」（卷七〈寄朱錫珪〉）

〔例二四〕

　　瀑流蓮岳頂，河注華山根：「二句直寫得奇絕。」（卷七〈馬戴
　　居華山因寄〉）

　　（以上《賈島詩註》）

上例中，時見「奇想」一詞，如例一、五、七、八、十一，此「奇」
字著重就詩句想像上的「出人意想」而言，應極顯然。另如例三言「寓
意」、例十八曰「創意」，陳氏亦應皆就詩作「構思構意」上說「奇」。
至於例四、十、十二、十三皆就「造語」言「奇」，但陳氏「造語」
一詞實亦有二指，如第四例，應是就詩中描述氣候之苦寒，使伏湧之
江浪，即刻結冰，以致「千里無平冰」，此一奇特想像上來說「奇」。
衡諸《孟東野詩注》卷四〈秋懷十五首之十三〉：「瘦坐形欲折，腹飢
心將崩。」陳評：「造語至險。」卷五〈濟源寒食七首之二〉：「女嬋
童子黃短短，耳中聞人惜春晚。逃蜂匿蝶踏地來，拋卻齋甕一瓷椀。」
陳評：「此寫女童追逐蜂蝶，雖齋甕亦不食矣。其戇狀可掬，東野真
善于造語」之說法，則此處「造語」一詞實就詩作之構思、想像方面
而言，例十亦然。但是例十二、十三則與例六云「造言」同，此下文

另有所述。此外,如例十六、二四兩處云「奇絕」,是就詩篇的構思想像來說。例十九、二三云「生奇」,是指翫月時,月中桂枝刺目,與江面澄澈,月影沈璧,竿釣臨流如釣月然之奇特想像。例二一引李懷民之說,亦應是著重就詩句的構思構意而言「奇」。此等皆是著重在以「奇」字指涉詩作「構思構意」一面者。

　　然而,陳氏「奇」字另有指涉詩句局部性的「用字」、「鍊字」一面者,此如例二、九、十五、十七、二十、二二,陳氏皆明顯就「鍊字」、「用字」方面說「奇」。而例六「造言」所指,觀詩意不過在說詩人一己謀國之襟懷,陳氏實亦偏就修辭上云其「奇澀」。至於例十二、十三陳氏所謂「造語奇崛」、「造語自奇」者,衡諸《孟東野詩注》卷四〈石淙十首之三〉:「荒策每恣遠,戀步難自迴。」陳評:「荒策、戀步,皆東野造語。」則此處所謂「造語」者,應是偏就「用字」而言,其「奇」是就「古」字之同字疊出,與「枝上春」此類詩句局部性的用字修辭上來說。

　　另外,在《孟東野詩注》一書中,陳氏另有關於「險」字之批評用語九例:

〔例一〕

　　天色寒青蒼,北風叫枯桑:「叫字險。」(卷一〈苦寒吟〉)

〔例二〕

　　老病多異慮,朝夕非一心。商蟲哭衰運,繁響不可尋:「哭字險,若作鳴,直笨伯矣。」(卷四〈秋懷十五首之七〉)

〔例三〕

　　幽苦日日甚,老力步步微。常恐暫下牀,至門不復歸:「東野好作險語。」(同上,之十一)。)

〔例四〕

　　瘦坐形欲折,腹飢心將崩:「造語至險。」(同上,之十三)

〔例五〕

　　曾是風雨力,崔巍漂來時:「點浮石二字亦為艱險矣。」(卷五〈浮石亭〉)

〔例六〕

　　一日踏春一百迴，朝朝沒腳走芳埃：「沒腳者，草深沒腳也。
　　二字險。」（卷五〈濟源寒食七首之三〉）

〔例七〕

　　眾蛇聚病馬，流血不得行。後路起夜色，前山聞虎聲：「東
　　野好作險語，足恐行人矣。」（卷六〈京山行〉）

〔例八〕

　　訪舊無一人，獨歸清雒春。花聞哭聲死，水見別容新：「（花
　　聞句下）此指鳥聲。盧仝詩『鳥死沈歌聲』並是爭險也。」
　　（卷七〈答盧虔故園見寄〉）

〔例九〕

　　狂僧不爲酒，狂筆自通天。……忽怒畫地魮，噴然生風煙。
　　江人願停筆，驚浪恐傾船：「言江人懼再書，恐蛇魮驚起風
　　浪，船爲之傾覆矣。東野好難爭險，若此類甚多。」（卷八〈送
　　草書獻上人歸廬山〉）

例一、例二分別以「叫」字、「哭」字爲「險」，例六則以「沒腳」二
字爲「險」，例八則認爲盧仝在「死」字上與孟郊爭「險」，此陳氏所
謂「險」之四例，顯然皆指詩句的「鍊字修辭」。但例三陳氏所謂之
「險語」，應是指詩人年老力衰，一下床即病故的離奇構思，例四、
例七、例九皆然。例五則在詩人破題的構思上稱「險」，此五例陳氏
所謂之「險」，卻又從「構思構意」上來說了。

　　在對中唐「韓孟詩派」詩人的作品作批評時，劉辰翁與陳延傑
二氏皆大量以「奇」、「險」或「奇險」等字眼評論，然而由上述諸例
中可知，二氏所用辭語，多未能明確釐清，陳氏且多所矛盾。至於非
詩集評注的其他詩話作者，所云「奇」、「險」、「奇險」用語之指涉，
亦多各說各話。如「奇」字，有偏就「修辭」方面說者：

　　（韓愈）〈送區弘南歸〉，氣甚魁岸，中多奇句可摹。如「九
　　疑鑱天荒是非」，下字生穩。又如「落以斧引以纆徽」、「子
　　去矣時若發機」、「蔽能者誅薦受機」，此上三下四，下四上

三句法。（張謙宜《絸齋詩談》卷五）

亦有著重就「想像」方面說者：

> （賈島）〈遊仙詩〉：「借得孤鶴騎，高近金烏飛。天中鶴路直，天盡鶴一息。」亦是奇語。尚不如東野「日下鶴過時，人間落空影。」似乎若或見之。（賀裳《載酒園詩話又編》）

「奇險」一詞亦有二指，如方東樹：

> 凡結句都要不從人間來，乃爲匪夷所思，奇險不測。他人百思所不解，我卻如此結，乃爲我之詩，如韓〈山石〉是也。不然，人人胸中所可有，手筆所可到，是爲凡近。」（見錢仲聯《韓昌黎詩繫年集釋》卷二注引）

主張「他人百思所不解，我卻如此結，乃爲我之詩」，此實是偏就詩作「構思構意」一面說「奇險」者。至於趙翼《甌北詩話》卷三說：

> 奇險處亦自有得失，蓋少陵才思所到，偶然得之；而昌黎則專以此求勝，故時見斧鑿痕跡。有心與無心異也。其實昌黎自有本色，仍在文從字順中，自然雄厚博大，不可捉摸，不專以奇險見長。

此則拈出「文從字順」，是著重就詩句之「用字修辭」一面而言。

又「奇」、「險」二詞，也有皆就「構意」說者，如潘德輿《養一齋詩話》說：

> （李賀）「黑雲壓城城欲摧」、「酒酣喝月使倒行」、「石破天驚逗秋雨」、「酒中倒臥南山綠」、「卷起黃河向身瀉」，凡有意作奇語者，皆易爲之。何也？無理之奇，本不奇也。變險而媚，則又如「一雙瞳人翦秋水」，「小槽酒滴眞珠紅」，「玉釵落處無聲膩」、「高樓唱月敲懸璫」，「春營騎將如紅玉」等句，……釣名之士，欲人一見驚喜，刻意造句，必險必媚，而後易於動目。

而歐陽修《六一詩話》，云「奇」云「險」，則同指「用字」方面：

> （韓愈）蓋其得韻寬，則波瀾橫溢，泛入傍韻，乍還乍離，出入迴合，殆不可拘以常格，如〈此日足可惜〉之類是也。得韻窄，則不復傍出，而因難見巧，愈險愈奇，如〈病中贈

張十八〉之類是也。

至於如王壽昌《小清華園詩談》卷上，云：

> 何謂奇？曰語之奇者。如右丞之「仙官欲住九龍潭，毛節
> 朱旛倚石龕。山壓天中半天上，洞穿江底出江南。瀑布杉
> 松常帶雨，夕陽彩翠忽成嵐。借問迎來雙白鶴，已曾衡嶽
> 送蘇耽。」(〈送方尊師歸嵩山〉) 意之奇者。如元微之之「霆
> 轟電烻數聲頻，不奈狂夫不藉身。縱使被雷燒作燼，寧殊
> 埋骨颺爲塵？得成蝴蝶尋花樹，倘化江魚掉錦鱗。必若乖
> 龍在諸處，何須驚動自來人。」(〈放言〉) 格之奇者。如少陵
> 之「城尖徑仄旌旆愁，獨立縹緲之飛樓。峽坼雲霾龍虎臥，
> 江清日抱黿鼉遊。扶桑西枝對斷石，弱水東影隨長流。杖
> 藜歎世者誰子？泣血迸空回白頭」(〈白帝城最高樓〉) 是也。
> 然奚必爾哉！但如右丞之「日落江湖白，潮來天地青」，少
> 陵之「路危行木杪，身遠宿雲端」，張祐之「地盤山入海，
> 河繞國連天」，曹松之「汲水疑山動，揚帆覺岸行」，柳子
> 厚之「山腹雨晴添象跡，潭心日暖長蛟涎」，可矣。子美之
> 「白摧朽骨龍虎死，黑入太陰雷雨垂」，已不免於駭人。至
> 玉川子〈月蝕〉等篇，則鑿矣。

雖似有意界定「奇」字之所指，然而繁分「語之奇」、「意之奇」與「格
之奇」三類，仍然未見其能有明確釐清。

由上舉諸例可知，前人關於中唐「韓孟詩派」詩人作品的「奇
險」批評用語，其指涉多糾雜不清，而且未能一致。下文將略分「思
想內容」與「表現技巧」二項，以嘗試釐清「奇」、「險」、「怪」與「奇
險」、「奇怪」、「險怪」諸評語之涵義。

二、「奇」、「險」與「奇險」涵義之釐清

（一）「奇」、「怪」與「奇怪」

所謂「奇」一詞，應就「思想內容」一面來說，詩作在「思想
內容」方面能出人意想者，是爲「奇」。上節臚列前人所云，如「奇

想」、「奇語」諸評語，也都是就詩作內容的構思上來說。然而，以「奇」
評詩，似可分爲兩層，首先是就詩篇的整體意義以云「奇」。當詩作
所表達的思想內容「反常」，亦即當詩篇的整體意義背反一般人的常
識性、模塑性時，即稱之爲「奇」，這是著重就整篇詩章的思想內容
來說。如松柏之爲物，後凋於歲寒，一般人皆以之爲剛健挺拔、勁直
不屈的象徵，前人詠及松柏，不說：

> 松柏本孤直，難爲桃李顏。(李白〈古風三十二首之十〉)

則說：

> 孤根邈無倚，直立撐鴻濛。端如君子身，挺若壯士胸。(李商
> 隱〈李肱所遺畫松詩書兩紙得四十一韻〉)

然而，孟郊卻以〈衰松〉名篇，云：

> 近世交道衰，青松落顏色。人心忌孤直，木性隨改易。既摧
> 棲日幹，未展擎天力。(《孟東野詩集》卷二)

其筆下之青松，已然不再傲然挺立於萬芳既萎之嚴冬，竟是一株枝殘
葉凋，懨懨欲斃之凡木。又其〈罪松〉一詩：

> 天令設四時，榮衰有常期。榮合隨時榮，衰合隨時衰。天令
> 既不從，甚不敬天時。松乃不臣木，青青獨何爲？(卷二)

此則竟以松木於嚴冬時節，萬木俱衰之際，而獨榮於霜風凄緊之中，
是爲「不敬天時」，故以之爲「不臣之木」而罪之。而不論是以衰言
松，或因松不凋於歲寒而罪之，詩中所表露之思想內容顯然皆與前人
不同。

又如屈原在中國歷史上，爲忠臣之典範，失意士人每每藉之以
抒發一己在官場上因「正直」的性格，遭受「小人」讒陷時的憤慨。
吟詠既久，屈原遂成爲「忠怨」之表徵，在中國文學史中形成一固定
性之意義，不論詩人如何吟詠，皆難以溢出「忠怨」之意義範圍。然
而孟郊〈旅次湘沅有懷靈均〉一詩，卻訶責屈原說：

> 名參君子場，行爲小人儒。……三黜有慍色，即非賢哲
> 模。……死爲不弔鬼，生作猜謗徒。……懷沙滅其性，孝行

　　焉能俱。(卷六)

對歷來為眾人所仰敬的三閭大夫頗多苛責歪曲之詞，迴不類於前人同類作品中，如戴叔倫：「沅湘流不盡，屈子怨何深。日暮秋風起，蕭蕭楓樹林」(〈三閭廟〉)之悲憫情懷，或馬戴〈楚江懷古〉：「野風吹蕙帶，驟雨滴蘭橈。屈宋魂冥寞，江山思寂寥。陰霓侵晚景，海樹入迴潮。欲折寒芳薦，明神詎可招」之低迴傷悼，孟郊此作顯然即背反了一般吟詠屈子之作的模型性意義。因此，就詩作所表達的整體思想內容而言，在昔日同類的文學作品中，人皆如是說、如此觀，而吾作則違逆之，顛覆、背反了眾人長久順從的模型性意義，而在主題上反常出奇，別見新意者，即為本文所謂「奇」之第一層意義，此一意義是對照著文學創作史而來的。

　　其次，即是單就詩句的出人想像而言「奇」，此與上述側重由詩作全篇之思想內容上的與眾不同而言「奇」有別。程學恂在評韓愈〈鄭群贈簟〉一詩時說：

　　　　韓派屏棄常熟，翻新見奇，往往有似過情語，然必過情乃發，
　　　　得其情者也。如此詩之「卻願天日恆炎曦」是已。(見錢仲聯
　　《韓昌黎詩繫年集釋》卷四注引)

又，趙翼以為杜甫〈登慈恩寺塔〉之「七星在北戶，河漢聲西流。」〈登白帝城樓〉之「扶桑西枝對斷石，弱水東影隨長流」諸句為：

　　　　題中本無此義，而竭意摹寫，寧過無不及，遂成此意外奇險
　　　　之句。(《甌北詩話》卷二)

其所謂題中無此義，而成意外奇險之句者，即吾人此處所云摘句之「奇」。摘句以言「奇」，常見詩句中之詩思，背反了眾人之一般經驗常識性，或躍出習慣性的聯想；或越出常理，而顯得過份誇張；或將客觀之事物現象，經由主觀構思之改造，而予以重現；或在構思構意上，詩人自為一主觀之推理，於宇宙萬物，別為假定，別為癡想。此如上舉陳氏《孟東野詩注》「奇」例之三，〈折楊柳〉一詩據郭茂倩《樂府詩集》，應為古題古意之樂府詩，其命題由來，則據《宋書‧五行

志》所載:「晉太康末,京洛爲折楊柳之歌,其曲有兵革苦辛之辭。」
然而,孟郊詩說:

> 楊柳多短枝,短枝多別離。贈遠屢攀折,柔條安得垂。青春
> 有定節,離別無定時。但恐人別促,不怨來遲遲。莫言短枝
> 條,中有長相思。朱顏與綠楊,併在別離期。(〈折楊柳二首之
> 一〉,卷二)。

又:

> 樓上春風過,風前楊柳歌。枝疏緣別苦,曲怨爲年多。花驚
> 燕地雪,葉映楚池波。誰堪別離此,征戍在交河。」(〈折楊
> 柳二首之二〉)

其詩中的主題思想雖仍不外於言「離別」與「兵革苦辛」,但是「莫
言短枝條,中有長相思」之句,卻見詩人一己出人意想之巧思。另如
「奇」例第四〈寒江吟〉說:

> 冬至日光白,始知陰氣凝。寒江波浪凍,千里無平冰。飛鳥
> 絕高羽,行人皆宴興。荻洲素浩渺,碕岸漸破磳。煙舟忽自
> 阻,風帆不相乘。何況異形體,信任爲股肱。涉江莫涉凌,
> 得意須得朋。結交非賢良,誰免生愛憎。凍水有再浪,失飛
> 有載騰。一言縱醜詞,萬響無善應。取鑒諒不遠,江水千萬
> 層。何當春風吹,利涉吾道弘。(卷二)

此首爲新題新意之樂府詩,「何況」句上吟詠寒江,句下則轉入感世,
詩人旨在藉寒江冰封,以寓己志不行之慨,但其中「寒江波浪凍,千
里無平冰」句,超邁常理,極度誇張,除令人駭其奇想無理,聳人耳
目外,亦不能不以爲如此方能狀苦寒之景如在目前。

　　再如韓、孟〈遠遊聯句〉:「別腸車輪轉,一日一萬周 (郊)。離
思春冰泮,瀾漫不可收。(愈)」(《集釋》卷一) 施補華《峴傭說詩》
以爲:「韓孟聯句,字字生造,爲古來所未有。」即稱賞韓、孟二人
聯句時,句句爭勝,不同於尋常。但上舉孟郊之句乃由古樂府〈古歌〉:
「心思不能言,腸中車輪轉」而來,其想尚屬凡常,至於韓愈之句則
躍出習慣性的聯想,既切時令,且極新穎,喻想可謂奇絕。另上節曾

引李賀〈金銅仙人辭漢歌〉，亦為新題新意之樂府詩，詩作根據《漢晉春秋》所載：「帝徙盤，盤拆，聲聞數十里，金狄或泣」之歷史傳聞衍而成，藉銅人墮淚以感慨興亡，寄託一己詠史懷古之情，全詩之構思固已不同於昔日詠史舊作，然而，「天若有情天亦老」一句，單摘以玩，卻仍見詩人主觀上癡極奇極之想。

「奇」應就「思想內容」一面來說，上文屢述及，然而前人在批評「韓孟詩派」詩人作品時，間見「怪」或「奇怪」之語。但其中若上節所引「盧全奇怪」，或「玉川之怪」（《滄浪詩話》）諸種籠統語，此處不擬詳探。此外，如韓愈〈雙鳥詩〉：

> 雷公告天公，百物須膏油。不停兩鳥鳴，百物皆生愁。不停兩鳥鳴，自此無春秋。不停兩鳥鳴，日月難旋輈。不停兩鳥鳴，大法失九疇。周公不為公，孔丘不為丘。天公怪兩鳥，各捉一處囚。朝食千頭龍，暮食千頭牛 (《集釋》卷七)

這一段內容，潘德輿《養一齋詩話》卷九曾引出以為批評：

> 此等詩由怪僻而入詭誕，頗於詩教有害，殊非游於詩、書之源者之吐屬也。唐人謂元和之風尚怪，殆指公此等詩而言之歟？

何焯則於〈遠遊聯句〉一詩，韓愈：「馳深鼓利檝，趨險驚蜇轓。繫石沈靳尚，開弓射鴅吺。路暗執屏翳，波驚戮陽侯」諸語，批評說：「怪怪奇奇。」(《集釋》卷一注引) 又，葛立方《韻語陽秋》卷三：

> 劉叉詩酷似玉川子，……〈冰柱〉、〈雪車〉二詩，雖作語奇怪，然議論亦皆出於正也。〈冰柱詩〉云：「不為四時雨，徒於道路成泥阻。不為九江浪，徒能汨沒天之涯。」〈雪車詩〉謂：「官家不知民饑寒，盡驅牛車盈道載屑玉。載載欲何之？祕藏深宮，以禦炎酷。」如此等句，亦有補於時，與玉川〈月蝕詩〉稍相類。

方世舉《蘭叢詩話》：

> 宜田論詩，獨不喜怪。怪如盧全，想所屏棄，然未嘗怪也。〈月蝕詩〉，……其詩為元和六年討王承宗軍，政句句有所

指，段段有所謂。……〈與馬異結交詩〉則誠似怪，然耐心求之，大有理在。如《易》之爻詞，無所不奇而終歸於法。乃慨世風不古，元氣不存也。

潘氏所詞斥的「怪僻詭誕」，應是認為韓愈〈雙鳥〉詩中的詩思過於新奇，以致流於詭怪、荒誕不經。「怪」、「詭誕」與「奇」一樣，實皆就詩作的想像、內容方面來說，另何氏所說的「怪怪奇奇」亦然。而葛氏諸語，說劉叉「作語奇怪」，但「議論皆正」，「奇怪」一語在此應是一合義複詞，其說與方氏批評盧仝〈與馬異結交〉詩，雖然「怪」卻實有「理」相同，並不著重在「用字」方面說，而是偏就詩中的想像、內容而言。此如劉叉〈冰柱〉一詩說：

始疑玉龍下界來人世，齊向茅簷布爪牙。又疑漢高帝，西方未斬蛇。……不為四時雨，徒於道路成泥柤。不為九江浪，徒能汨沒天之涯。（《全唐詩》卷三九五）

詩中諸語雖然想像恢詭荒唐，然而詩末說「直下不能抑群邪，……自是成毀任天理。……我願天子回造化，藏之韞櫝玩之生光華。」則明顯的表達出詩人欲藉冰柱一物，以寄托心中懷才不遇、不為世用的憤激之情，而最後二句且畫龍點睛，點出主題：深願君王能夠重用賢士，再令天下太平。全篇主題思想終歸於純正。另如劉辰翁在《箋註評點李長吉歌詩》一書中，批評李賀〈惱公〉一詩「心搖如舞鶴，骨出似飛龍」二句說：「怪怪。」（卷二）又於〈猛虎行〉詩中的「舉頭為城，掉尾為旌。東海黃公，愁見夜行。道逢騶虞，牛哀不平」諸句，亦評說：「奇怪。」（卷四）其所謂的「怪」、「奇怪」亦皆惟就詩作之詩思想像而言，其中並未涉入用字修辭的問題。

（二）「險」與「奇險」、「險怪」

所謂「險」，主要應就詩句中用字之不平順、不妥貼而言，設若詩句中之用字，於文法上，於意義之指涉上，皆平順、妥貼，即不能謂之「險」。詩句中之用字、修辭，於詩句意義之表達，若似通非通，或就押韻而言，押得不平順，勉強、湊韻，然而雖不平順、勉強，事

實上其意義卻又可通，此即謂之「險」。

　　如上節所舉「險」例第一：「北風叫枯桑」（孟郊〈苦寒吟〉），詩意不過謂北風吹過枯桑，發出聲響，然而此處若用「吹」字，則為凡熟，下一「叫」字卻帶出意境。又如孟郊〈貧女詞寄從叔先輩簡〉：「二月冰雪深，死盡萬木身」（卷一），下一「死」字，實較諸用「萎」、「凋」字生動不少。

　　其次，在句式上，五言詩向以上二下三之句式為常格，但如孟郊〈楚竹吟酬盧虔端公見和湘絃怨〉：「識音者謂誰」（卷一）、〈鴉路溪行呈陸中丞〉：「三十六渡溪」（卷六）、〈懷南岳隱士二首〉：「藏千尋布水，出十八高僧」（之一）、「飯不煮石喫，眉應似髮長」（之二，卷七）、〈曉鶴〉：「婆羅門叫音」（卷九）、〈弔盧殷十首之四〉：「磨一片嵌巖，書千古光輝」（卷十）諸句，則或為上一下四之句式、或為上三下二之句式，於吟誦時雖不平順，然而語意卻是可通，此在本文中亦謂之「險」。

　　另故意擇用窄韻，因難見巧，或使用僻澀生字，如孟、韓〈征蜀聯句〉詩中，孟郊所用的「齰」、「眂」、「闒」、「跀」、「汜」，韓愈所用之「觝」、「僧」、「疕」、「秸」諸字，皆為今韻所不載。（《集釋》卷五集說引嚴虞惇語）至於東坡〈雪後書北臺壁二首〉：「試掃北臺看馬耳，未隨埋沒有雙尖」（之一）、「老病自嗟詩力退，空吟冰柱憶劉叉。」（之二，《蘇東坡全集》前集卷六）。以「尖」、「叉」二字為韻，並為險韻之名作。又孟郊〈偷詩〉：「餓犬齚枯骨」（卷三）、〈懊惱〉：「抱山冷殘殘」、「眾誚瞋虩虩」（卷四），李賀〈開愁歌〉：「莫受俗物相塡𤡔。」（《李長吉歌詩王琦彙解》卷三）「𤡔」字為《玉篇》、《廣韻》所無。而以「齚」、「殘」、「虩虩」、「𤡔」諸字置於詩中，並皆造成閱讀時之艱澀不順，此種情況本文亦以之為「險」。

　　此處雖然著重就想像與內容一方面而說「奇」，偏就用字與修辭一方面以言「險」，卻非有意使「形式」與「內容」決裂。因為詩句之意義不能獨立於語文形式之外，其一切意義皆須仰賴文字媒介來呈

現，因此詩中用字修辭的表現技巧，往往會造成詩作思想內容上的新奇。宋人劉克莊：

> 長吉歌行，新意險語，自有蒼生以來所無。(《後村詩話》新集卷六)

所謂「新意險語」，「新意」即每每因「險語」而有，兩者並不能截然為二。

因此，關於前人批評「韓孟詩派」詩人的「奇險」用語，似乎即可由兩個方面來探討。首先，詩評家所下的「奇險」一詞若為一「合義複詞」時，即「奇」、「險」彼此密切不分的聯合起來，成為一個複詞時，則其所表達者即僅為一綜合性之概念，他對詩作的「用字修辭」與「思想內容」二方面並未有所區分，只是以「奇險」此一綜合性之概念，去籠統的說明某種反常出奇的詩風而已。此如上節所引牟願相說「李長吉詩奇險」，或王琦在《李長吉歌詩彙解》的序文中說：「長吉之詩，世以為奇險。」皆屬於此。

同於此種情形的其他用語有「險怪」，當「險怪」一詞亦為一合義複詞時，則如「〈月蝕詩〉之險怪厖雜，幾不可卒讀。」(《靜居緒言》)或「玉川子之偏於險怪。」(王壽昌《小清華園詩談》卷上)皆只是批評者藉著「險怪」一詞，以籠統表達自己對作品在內容、想像上的反常出奇之閱讀印象而已。

其次，當「奇險」一詞為一「詞聯」之結構時，即「奇」與「險」二詞之間彼此並立平行，互不修飾，而分別為兩個不同的概念時，「奇險」一詞即包含二個不同的指涉，有想像、內容上的「奇」，亦有用字、修辭上的「險」。檢閱前人之批評，如上節所舉陳氏《孟東野詩注》「奇險」例第七：「峽棱剗日月，日月多摧輝。」(卷十〈峽哀十首之八〉)峽高固能掩蔽日月之光，但是詩人卻要說山峽筍壁直削若刀，割剗日月，將日月之光芒皆割損，此一想像可謂奇特，然而，此詩句想像之出奇，卻不能離開「剗」字之險鍊。另如在《孟東野詩集》卷二〈臥病〉一詩中，有「春色燒肌膚」句，欲說春光爛漫，卻下一

「燒」字以狀如火如荼之鮮妍春色，亦可謂別見新意，但此新意之關鍵亦在「燒」字之險鍊。又如卷七〈奉報翰林張舍人見遺之詩〉：「百蟲笑秋律，清削月夜聞」，此處之「笑」，與上一節所舉「險」例第二：「商蟲哭衰運」（卷四〈秋懷十五首之七〉）之「哭」，或李賀〈宮娃歌〉：「啼蛄弔月鉤欄下」之「弔」，實皆「鳴」意，然而若直下「鳴」字，其意平平，云「笑」、「哭」、「弔」則收擬人之功，別見奇趣。諸如此例，皆屬「因險見奇」的「奇險」例子。

馬位《秋窗隨筆》曾說：

> 長吉善用「白」字，如「雄雞一聲天下白」、「吟詩一夜東方白」、「薊門白於水」、「一夜綠房迎白曉」、「一山唯白曉」，皆奇句。

馬氏所舉「一山唯白曉」之例，出自李賀〈感諷五首〉第三首，原詩：

> 南山何其悲，鬼雨灑空草。長安夜半秋，風前幾人老。低迷黃昏徑，裊裊青櫟道。月午樹立影，一山惟白曉。漆炬迎新人，幽壙螢擾擾。（王琦《李長吉歌詩彙解》卷二）

此篇爲李賀鬼詩之傑作，「一山惟白曉」句，不以黑夜，反以「白夜」狀月至中天時的午夜墳場，詩中之意象的確令人毛骨悚然。然而，其想之奇特與該句之所以能使鬼氣全出，實亦端賴「白」字之險鍊。方以智《通雅》曾云：「長吉好以險字作勢。」（見楊家駱主編《李賀詩注・李長吉歌詩王琦彙解》首卷）「以險字作勢」常能「因險見奇」，藉諸用字的刻意錘鍊，而表現出詩中詭誕的想像與內容。

另「險怪」一詞，當其亦爲一「詞聯」之結構時，則如同上述「奇險」之例，「險」與「怪」各有所指。「險」是就用字修辭方面而言，至於「怪」，宋人周紫芝曾說：「李長吉語奇而入怪。」（〈古今諸家樂府序〉）詩中的想像若奇之太甚則易流於「怪」，「怪」與「奇」皆同指想像、內容方面。

總上所述，關於中唐「韓孟詩派」的「奇險」評語，本文所採用的立場是就作品的想像與內容方面而言「奇」，而就用字與修辭方

面說「險」。詩思想像的「奇」或「怪」可藉諸尋常的語言自然的表現出來，不必然須依賴艱險的用字修辭，然而用字修辭方面的「險」，卻往往會造成詩意的「奇」，「奇險」或「險怪」一詞即指此種「因險見奇」的情形，而在此種情形下詩意的出「奇」，常見雕琢費力的斧鑿痕跡。

參考書目

一、書　籍

1. 《全唐詩》（北京：中華書局，1987 年）。

2. 《全唐文》（北京：中華書局，1987 年）。

3. 《孟東野集》（臺灣：商務印書館景印文淵閣四庫全書）。

4. 《孟東野詩注》，陳延傑注（新文豐出版公司，1979 年）。

5. 《孟東野詩集》，華忱之校訂（人民文學出版社，1984 年）。

6. 《孟郊賈島詩選》，劉斯翰選注（遠流出版公司，1988 年）。

7. 《孟郊研究》，尤信雄（文津出版社，1984 年）。

8. 《韓昌黎詩繫年集釋》，錢仲聯編（上海：古籍出版社，1984 年）。

9. 《韓昌黎文集校注》，馬其昶（華正書局，1975 年）。

10. 《韓愈年譜》，徐敏霞校輯（北京：中華書局，1991 年）。

11. 《韓愈志》，錢基博（北京：中國書店，1988 年）。

12. 《韓詩論稿》，閻琦（陝西：人民出版社，1984 年）。

13. 《韓愈詩探析》，李建崑（師大國文系，1991 年博士論文）。

14. 《韓愈研究論文集》（廣東：人民出版社，1988 年）。

15. 《韓愈資料彙編》（學海出版社，1984 年）。

16. 《賈島詩註》，陳延傑註（上海：商務印書館，1937 年）。

17. 《長江集新校》，李嘉言校（上海：古籍出版社，1983 年）。

18. 《賈島詩研究》，鄭紀真（臺灣：師大國文系，1992 年碩士論文）。

19. 《箋註評點李長吉歌詩》，吳正子註；劉辰翁評（臺灣：商務印書館

景印文淵閣四庫全書)。

20. 《李賀詩注》，楊家駱編（世界書局，1982 年）。

21. 《杜詩鏡銓》，楊倫編輯（藝文印書館，1978 年）。

22. 《白居易集》，白居易（里仁書局，1980 年）。

23. 《玉谿生詩集箋注》，馮浩（里仁書局，1981 年）。

24. 《蘇東坡全集》，蘇軾（北京：中國書店，1992 年）。

25. 《樂府詩集》，郭茂倩（里仁書局，1980 年）。

26. 《歷代詩話》，何文煥輯（漢京文化事業有限公司，1983 年）。

27. 《歷代詩話續編》，丁福保輯（木鐸出版社，1988 年）。

28. 《清詩話》，丁福保輯（木鐸出版社，1988 年）。

29. 《清詩話續編》，郭紹虞輯（木鐸出版社，1983 年）。

30. 《宋詩話輯佚》，郭紹虞輯（華正出版社，1981 年）。

31. 《皎然詩式輯校新編》，許清雲（文史哲出版社，1984 年）。

32. 《文鏡秘府論》，遍照金剛（金楓出版公司，1987 年）。

33. 《後村詩話》，劉克莊（廣文書局，1971 年）。

34. 《苕溪漁隱叢話》，胡仔纂集（長安出版社，1978 年）。

35. 《詩人玉屑》，魏慶之（臺灣：商務印書館，1983 年）。

36. 《唐詩紀事校箋》，王仲鏞（巴蜀書社，1989 年）。

37. 《唐才子傳校注》，孫映逵校注（中國：社會科學出版社，1991 年）。

38. 《詩藪，胡應麟》（廣文書局，1973 年）。

39. 《唐音葵籤》，胡震亨（木鐸出版社，1982 年）。

40. 《藝概》，劉熙載（金楓出版有限公司，1986 年）。

41. 《中國文學發展史》，劉大杰（華正書局，1987 年）。

42. 《中國文學史》，葉慶炳（臺灣：學生書局，1987 年）。

43. 《中國詩歌流變史》，李日剛（文津出版社，1987 年）。

44. 《唐詩概論》，蘇雪林（臺灣：商務印書館，1988 年）。

45. 《唐詩小史》，羅宗強（陝西：人民出版社，1987 年）。

46. 《隋唐五代文學思想史》，羅宗強（上海：古籍出版社，1986 年）。

47. 《大曆詩風》，蔣寅（上海：古籍出版社，1992 年）。

48. 《中唐樂府詩研究》，張修蓉（文津出版社，1985 年）。

49. 《中國詩律研究》，王力（文津出版社，1987 年）。

50. 《古典詩的形式與結構》，張師夢機（尚友出版社，1981 年）。

51. 《中國詩學設計篇》，黃永武（巨流圖書公司，1977 年）。

52. 《中國詩學鑑賞篇》，黃永武（巨流圖書公司，1977 年）。

53. 《中國詩歌藝術研究》，袁行霈（五南圖書公司，1989 年）。

54. 《唐代詩學》，正中書局編審會（正中書局，1973 年）。

55. 《唐詩學引論》，陳伯海（知識出版社，1988 年）。

56. 《唐詩論文集續集》，劉開揚（上海：古籍出版社，1987 年）。

57. 《唐詩散論》，葉慶炳（洪範書局，1987 年）。

58. 《唐詩百話》，施蟄存（上海：古籍出版社，1988 年）。

59. 《唐詩風格美新探》，王明居（中國：文聯出版公司，1987 年）。

60. 《聞一多論古典文學》，鄭臨川（重慶：出版社，1984 年）。

61. 《古典詩文論叢》，顏崑陽（漢光文化公司，1987 年）。

62. 《中國古典文學論叢第一輯》（新文豐出版公司，1989 年）。

63. 《古典今論》，唐翼明（東大圖書公司，1991 年）。

64. 《文學探討擷英》（陝西：人民出版社，1988 年）。

65. 《詩論》，朱光潛（國文天地雜誌社，1990 年）。

66. 《談藝錄》，錢鍾書（書林出版公司，1988 年）。

67. 《美的歷程》，李澤厚（元山書局，1986 年）。

68. 《牛李黨爭與唐代文學》，傅錫壬（東大圖書公司，1984 年）。

69. 《舊唐書》，劉昫（北京：中華書局，1987 年）。

70. 《新唐書》，歐陽修：宋祁（北京：中華書局，1987 年）。

71. 《唐國史補等八種》（廣文書局，1968 年）。

72. 《隋唐史》，王壽南（三民書局，1986 年）。

73. 《隋唐五代史》，傅樂成（中國文化學院出版部，1980 年）。

74. 《漢唐史論集》，傅樂成（聯經出版事業公司，1991 年）。

75. 《唐代研究論集》（新文豐出版公司，1992 年）。

76. 《唐代文化研討會論文集》（文史哲出版社，1991 年）。

77. 《陳寅恪先生文集》，陳寅恪（里仁書局，1982 年）。

78. 《中國經學史》，馬宗霍（臺灣：商務印書館，1986 年）。

79. 《廣藝舟雙輯疏證》，祝嘉（華正書局，1985 年）。

80. 《中國書法史論》，陳雲君（人民日報出版社，1987 年）。

81. 《中國書法簡史》，鍾明善（河北：美術出版社，1983 年）。

82. 《叢書集成簡編》（臺灣：商務印書館，1965 年）。

二、期　刊

1. 〈平心論孟郊詩〉，簡師恩定，《空大人文學報》第二期，抽印本。

2. 〈孟郊及其詩研究〉，羅清能，《花蓮師專學報》第十三期。

3. 〈由作品看孟郊對仕隱的態度〉，張健，《幼獅月刊》三十七卷第一期。

4. 〈孟郊的交遊及其有關詩篇〉，張健，《書和人》三八九、三九○期。

5. 〈孟浩然與孟郊的詠僧學佛詩〉，張健，《中外文學》六卷十一期。

6. 〈孟郊的雙重性格〉，張健，《文藝月刊》三十八期。

7. 〈孟郊悼元德秀詩〉，張健，《文藝月刊》四十五期。

8. 〈漢代「楚辭學」在中國文學批評史上的意義〉，顏崑陽。

9. 〈論唐代的古題樂府〉，商偉，《文學遺產》第二期，1987 年。

10. 〈貞長風概〉，王瑋，《文學遺產》，1987 年第三期。

11. 〈中唐苦吟詩人綜論〉，馬承五，《文學遺產》，1988 年第二期。

12. 〈皎然詩論與韓孟詩派詩歌思想〉，蕭占鵬，《文學遺產》，1989 年第四期。

13. 〈審美時尚與韓孟詩派的審美取向〉，蕭占鵬，《文學遺產》，1992 年第一期。

14. 〈道教與孟郊的詩歌〉，謝建忠，《文學遺產》，1992 年第二期。

15. 〈論孟郊〉，劉開揚，《文學遺產》增刊六期。

16. 〈韓孟詩派的創新意識及其與中唐文化趨向關係〉，孟二冬，中國社會科學，1989 年第六期。

17. 〈論李賀的詩〉，陳貽焮，《文學遺產》增刊五期。

18. 〈韓愈與王叔文集團的永貞改革〉，蔣凡，復旦大學學報，1980 年第四期。

19. 〈白居易與永貞革新〉，顧學頡，文史第十一輯。

20. 〈杜甫詩律探微〉，陳文華，臺灣師大國文研究所集刊第二十二號。

21. 〈文學流派初探〉，李旦初，山西大學學報，1984 年第四期增刊。

22. 〈顏真卿的書法〉，金開誠，文物月刊，1977 年第十期。

23. 〈十年來臺灣唐代文學研究概說〉，樂耕，中國古代近代文學研究，1991 年 9 月。